깜박깜박해도 **괜찮아**

깜박깜박해도 괜찮아

심리학자 딸과
경도인지장애 엄마의
유쾌한 동거

장유경 지음

딜레르

당신이 건강하고 행복해야
부모도 행복합니다!

– 엄마, 내가 책을 내요. 엄마랑 같이 사는 이야기예요.

– 내 이야기? 내 이야기, 뭐 쓸 게 있니?

– 엄마 깜박깜박하시는 거, 엄마랑 놀러 다닌 거, 엄마가 아들만
좋아하는 거…, ㅎㅎ.
그런 이야기요. 원고 있는데 한 번 읽어 보실래요?

– 아니, 재미없을 거 같아….

책 읽기를 그리도 좋아하시는 엄마의 이 시큰둥한 반응
은 뭘까?

이 책을 쓰면서 제일 먼저 엄마가 뭐라고 하실지 궁금했
다. 엄마와 사는 이야기를 책으로 써도 되는지를 그간 몇번

이나 엄마께 여쭤보았다. 엄마의 대답은 늘 "그래라! 난 관심 없다!"였다. 내키지는 않지만 딸내미가 한다니 마지못해 허락하셨다.

　개인 정보와 사생활 보호에 진심인 내가 왜 엄마와의 사적인 삶을 기록하고 사진을 찍어 블로그에 올리기 시작했을까? 또 왜 블로그의 글들을 모아 이 책을 만들었을까?

　첫 번째는 '경도인지장애'라는 용어조차 낯설어 우왕좌왕했던 나의 경험이 다른 환자와 가족들에게 도움이 되길 바라는 마음에서다. 이 책은 경도인지장애가 뭔지 알지도 못하던 10년 전쯤, 엄마의 기억이 깜박깜박하기 시작한 때부터 지금까지의 기록을 모은 것이다. 엄마가 치매로 곧 돌아가시는 줄 알고 낙심하던 순간과 치매가 아니라서 안심하며 무심코 보냈던 시간들, 엄마의 기억을 되돌리기 위해 알면서 혹은 혹시나 하고 시도했던 여러 방법들을 모두 조심스러운 마음으로 정리했다. 갑자기 경도인지장애라는 낯선 병명을 마주한 이들에게 이 책이 조금이나마 도움이 되어 미리 낙심하고 포기하거나 무심히 중요한 시간을 허비하지 않으면 좋겠다.

　두 번째는 엄마와 함께 살며 간접 경험으로 느끼고 배운 것들과 노년에 대한 생각들을 정리하기 위함이다. 지금까지 내가 배웠던 유명한 발달 이론들은 기껏해야 80대까지 밖에 다루지 않는다. 100세 시대가 바로 코앞인데 이렇게 긴 노년의 세월을 어떻게 보내야 하는지 우리는 배우지 못했다. 그런가 하면 그간의 나의 짧은 경험으로 볼 때 노인들의 건강은 잠시라도 방심할 수가 없다. 좀 나아졌는가 하면 하루아침에 낙상하여 눕고 허무하게 돌아가시는 일이 주변에 허다하다. 그럼에도 불구하고 엄마와의 경험을 이렇게 정리하는 것은 얼마가 남았는지 모르는 노년을 어떻게 살아야 할지, 막연하게 불안한 마음을 가진 우리 모두에게 엄마와 함께 살면서 느낀 성공적인 '나이 듦'에 대한 생각을 나누고 싶어서이다.

세 번째 이유는 나의 기억과 마음 치유를 위해서다. 엄마와 함께 보낸 시간들, 대부분의 사소한 일상과 몇 번의 감동스러운 순간들을 되도록 오래오래 간직하고 싶다. 지금까지 2년을 엄마와 함께 사는 동안 나는 엄마의 어린 시절과 학창 시절을 포함해서 몇십 년 동안 알지 못했던 '엄마'에 대해 더 많이 알게 되었다. 엄마가 지금은 기억할 수 없어서 더 이상 들을 수 없는 이야기들이 아쉽다. 이제라도 엄마의 삶의 한 자락에 내가 함께 할 수 있어서 기쁘다. 그러나 벌써 나도 내 기억을 믿지 못하는 나이가 되었기에 적어도 엄마가 나와 함께 보낸 시간들은 죄다 기록했다. 그리고 이 기록의 과정은 묘하게 때론 우울하고 때론 시끄러운 나의 마음을 치유해 주었다. 엄마에게 섭섭한 날이나 내가 엄마에게 잘못해서 후회가 되는 날도 돌이켜 기록하다 보면 내 마음이 편안해지고 스스로 위로가 되었다.

요즘도 엄마는 좋아하는 소설책을 읽고, 금방 함께 식사하고도 손자에게 "너 저녁 먹었니?" 하고 물으시기도 한다. 엄마의 일상 기억은 여전히 깜박깜박하지만 그래도 스마트폰으로 친구가 보내 준 유머를 읽으며 하하 웃고, 반려견 차차에게 사랑 고백을 하신다. 내가 식사 준비를 하고 있으면 "물을 그렇게 많이 넣어도 되니?" 하며 참견도 하신다. 또 종종 손자들에게 일찍 들어오라, 빨리 장가가라는 잔소리를 하신다. 이렇게 앞으로 10년만 더 사시면서 손자들이 가정을 이루는 것을 함께 보면 더할 나위 없이 좋겠다.

이 책이 나올 수 있기까지 고마운 분들이 많다. 엄마와 함께 살기를 처음 제안한, 적당히 '무심한' 남편과 결정을 따라 준 두 아들들, 동생들과 올케, 그리고 '차차'의 도움이 없었더라면 이 모든 것이 불가능했다. 나의 넋두리를 들어주고 함께 나누어준 친구들, 책의 기획부터 함께 고민해 준 까사리브로 박혜신 실장님, 한솔수북 조은희 대표님에게도 감사를 전하고 싶다. 얼굴은 모르지만 나이든 부모를 보살피며 자신의 삶을 살아나가느라 하루하루 노심초사, 고군분투하는 모든 자식들, 특히 돌봄의 '죄책감'으로 자책하는 '딸'들에게 이 책을 바친다. 어떠한 결정을 내리든 '당신이 건강하고 행복해야 부모도 행복합니다!'라고 부모를 대신해 전하고 싶다.

그리고 마지막으로, 이 책의 모든 것인 우리 엄마에게 이렇게 글로 전하고 싶다.

엄마, 사랑해요!

오늘도 엄마와 함께,
장유경

차례

chapter 1
엄마가 이상해

chapter 2
시집 같은 친정살이

chapter 3

치매 예방을 위한 슬기로운 뇌 자극 생활

chapter 4

엄마와 살다 보니 비로소 보이는 것들

엄마가 이상해

엄마가 이상해!

- 언니, 어버이날 선물로 엄마께 봉투 드렸어?
- 아니!
- 엄마랑 외식했는데 엄마가 식당에 봉투를 두고 오셨대서…, 금 방 다시 가 봤는데 봉투는 없었거든….

엄마의 기억이 좀 이상하다고 동생이 전화를 한 것은 2010년 어버이날이었다. 동생네 내외가 엄마, 아빠를 모시고 외식을 했는데 엄마가 내가 드린 봉투를 두고 왔다고 찾으신단다. 그 해 어버이날 난 화장품을 선물했다. 내가 봉투를 드린 것은 설날이었다. 엄마가 건망증이 있다고는 생각했지만 없던 일을 있는 것으로 말씀하셔서 이상했다.

당시 엄마는 아버지와 단 둘이 사셨기 때문에 식사 준비부터 가사를 도맡아 하셨다. 주말엔 남동생 네가 들렀고 같은 동에 사는 여동생이 들락날락하며 거의 매일 들여다봤다. 나는 이런저런 일로 바쁘다는 핑계로 같은 아파트 다른 동에 살면서 주 1회 정도 들르거나 아니면 그것도 거를 때가 많았다. 가끔씩 가 보면 냉장고 정리가 잘 안 되어 있거나 엄마가 뭘 못 찾겠다고 하셨지만, '나도 종종 그러는데'라고 생각하며 무심히 넘겼다.

그런데 어버이날 사건은 좀 이상했다. 내가 드리지도 않은 선물을 받았다고 기억하시는 것은 단순한 건망증이 아니라 기억의 왜곡이다. 이상하다고 여기던 차에 강남구에 치매지원센터(지금은 치매안심센터)가 개원했다는 뉴스를 보고 7월에 센터를 방문했다.

치매지원센터의 첫 방문은 엄마와 우리 모두에게 쉽지 않았다. 혹시 치매면 어떡하지? 모시고 가는 나도 진단 이후가 두려웠다. 당연히 엄마는 완강하게 거부하셨다. 그런 엄마를 며칠을 설득했다.

- 노인네가 나이 들면 다 그렇지, 내가 무슨 치매 환자인 줄 아니? 검사를 받으러 가게?
- 엄마, 이건 나라에서 공짜로 다 해 주는 검사예요. 우리가 낸 세금으로 나라에서 해 주는 거라 다 받아야 해요. 병원에서 받으면

'나라에서 공짜로 해 주는 검사'라는 말에 엄마가 넘어 가셨다. 이후부터는 검사건 요양보호사를 들이는 일이건 모두 '나라에서 공짜로 해 주는 서비스'라고 엄마를 설득했다. 치매지원센터는 선정릉의 푸른 소나무들이 내려다보이고 커다란 통유리로 따뜻한 햇살이 들어오는 밝고 안락한 곳 이었다. 클래식 음악이 흐르고 무료로 음료도 제공돼서 조 용하고 한적한 카페 같았다.

치매지원센터에서의 첫 번째 인지검사 결과는 그다지 나 쁘지 않았다. 결과를 듣기 위해 만난 의사도 기억력이 조금 떨어지나 전체적으로 그리 나쁘지 않다고 했다. (진단 기록은 비기억형 경도인지장애였다.) 엄마도 나도 너무 다행이라 생각하 며 홀가분하고 즐거운 마음으로 돌아왔다.

그러나 엄마의 기억은 계속 나빠졌다. 이듬 해(2011년) 연 초에는 엄마가 외가에 가셨다. 이모들이 엄마의 기억이 이상 하다고 검사를 해 보라는 연락을 하셨다. 10년 전에 죽은 친 구를 찾고, 다 함께 간 여행을 왜 당신만 빼고 갔냐고 물으 셨단다. 이때부터는 엄마의 기억 문제가 잦아졌다. 돈을 주 고도 기억을 못하고 사실을 조금씩 다르게 기억하고 물건을 어디 둔지 몰라서 자주 찾기 시작하셨다.

1월에 삼성서울병원에 가서 2시간 여에 걸쳐 신경심리학

검사를 받았다. 이후 유전자 검사와 MRI를 실시했다. 치매 유전자는 없었고 MRI 상에는 뇌 수축이 있었다. 의사는 정확한 진단명을 알려 주지 않았고 아리셉트(경구용 치매치료제)를 처방해 주었다. 이때부터 삼성서울병원에 다니기 시작하면서 엄마는 우리가 보기에도 때로는 심해지고 때로는 나아지기도 했다. 엄마의 진단 기록은 기억형 경도인지장애 단일영역, 기억형 경도인지장애 복합영역, 초기치매 사이를 오갔다.

경도인지장애가 뭐야?

첫 진단 후 몇 년에 걸쳐 서서히 엄마의 기억 문제가 더 심각해졌다. 했던 이야기를 반복했고 일상생활에도 점차 어려움이 생겼다. 매일 음식을 준비하는 것도 어려워졌고 반찬을 만들고도 냉장고에 넣어두고 잊어버리셨다. 2017년 엄마의 증상이 심해져서 갑자기 예약하는 바람에 담당의 대신 만난 젊은 의사에게서 처음으로 '경도인지장애'라는 진단명을 들었다.

경도인지장애mild cognitive impairment, MCI는 인지발달을 전공한 내게도 낯설었다. 네이버 지식백과에 경도인지장애는 '기억력이나 기타 인지기능의 저하가 객관적인 검사에서 확인될 정도로 뚜렷하게 감퇴된 상태이나, 일상생활을 수행하는 능

력은 보존되어 있어 아직은 치매가 아닌 상태를 의미한다.'
고 되어 있다. 즉, 연령에 비해 기억이나 인지기능이 떨어지
지만, 치매는 아니고 일상생활이 가능한 상태를 말한다. 간
단히는 정상과 치매 사이의 중간 단계라고 할 수 있다. 이름
은 낯선데 환자의 비율을 보면 우리나라 65세 이상 노인 5
명 중 한 명은 경도인지장애 환자다.[1]

- 경도인지장애는 앞으로 치매가 되는 건가?
- 엄마도 결국 나를 못 알아보게 될까?
- 지금 단계에서는 어떤 처치가 효과적일까?
- 나도 스마트폰을 깜박하고 두고 나가고, 매번 안경을 찾아 헤매
  는데 이것도 경도인지장애의 신호일까?

궁금한 게 많았다. 논문들을 찾아보니 경도인지장애라
는 진단명 자체가 만들어진 지 20여 년 정도밖에 되지 않았
고, 경도인지장애를 진단하는 지표도 아직 진화하고 있다고
했다. 경도인지장애를 진단하는 데 가장 널리 사용되는 지표
는 미국 메이요 클리닉의 피터슨 박사가 제안한 것들이다.[2]

① 기억에 대한 불평
② 정상적인 일상생활 능력
③ 정상적인 일반적인 인지기능

④ 연령에 비해 비정상적인 기억

⑤ 치매가 아님

　최근에는 이 지표들을 수정·확장하여 기억 이외에 인지의 손상을 포함시켰다. 그 결과 기억형과 비기억형 경도인지장애로 분류된다. 경도인지장애 환자의 약 10~15%가 매년 알츠하이머형 치매로 진행되며, 약 80%는 6년 안에 치매 증상을 보인다는 피터슨 박사의 연구 결과도 있다.[3] 이는 정상노인의 치매 발병률이 매년 1~2%인 것에 비해 확연히 높은 수치다.

　한편 상당한 비율의 경도인지장애 환자가 치매로 진행되지 않거나 정상인지로 회귀하기도 한다는 사실은 잘 알려져 있지 않다. 연구마다 정상인지로의 회귀 비율은 조금씩 다르지만 한 국내 연구에서는 40%가 넘는 경도인지장애 환자가 1년 후에 정상인지로 회귀하였다.[4] 따라서 치매로 들어가기 전에 경도인지장애를 조기에 진단하여 치매로의 진행을 멈추거나 느리게 하거나 혹은 정상으로 돌아가게 하는 것이 매우 중요하다.

　경도인지장애에서는 다음과 같은 증상들이 나타난다는 데 엄마의 증상과 비교해 봤다.

① 주관적인 기억장애의 호소

엄마는 방금 일도 기억이 안 난다고 자주 말씀하셨다. 여행이나 어떤 사건, 심지어 방금 같이 밥을 먹었는데도 기억이 안 난다고 하신다. 그런데 여행 사진을 보여드리면 "그래 이런 데 갔었구나!", "이런 일이 있었지."하고 기억을 떠올리신다.

② 나이 및 교육 수준에 비해 비정상적인 기억력 저하

엄마 친구 네 분이 모이는데 엄마가 기억력이 제일 나쁜 듯하다. 다른 분들은 무릎이 아프시거나 혈압, 당뇨가 문제인데 엄마는 약속 날짜를 잊어버리거나 장소를 못 찾을까 걱정된다.

③ 정상적인 일반 인지기능

처음엔 계산력이 그리 나쁘지 않았는데 요즘은 계산을 안 하려 하신다. 뭐든 사면 5만원 권을 내미신다. 언어능력은 나쁘지 않은 것 같은데 말씀을 잘 안 하신다. 이해력의 경우, 영화나 드라마의 내용을 이해하고 따라가는데 어려움이 있다. 한 번은 엄마와 영화 〈극한 직업〉을 보러 갔었다. 극장 안의 사람들이 다 웃는 장면이 있었는데 엄마는 무표정하게 계셨다. (지금 생각하면 엄마의 난청 때문일 수도 있겠다.) 드라마를 볼 때도 스토리를 요약해서 설명해 드리면 함께 보면서 "저 아들이 저러면 안 되지." 등의 코멘트를 하실 수 있다.

공간능력은 예를 들어, 집에서 1~1.5km정도 떨어진 아파트의 상가를 갈 때 여기가 어디인지 어떤 방향으로 가야 집으로 가는지를 옳게 말씀하신다. 그러나 자주 가지 않는 곳은 방향을 모르겠고 여기가 어딘지 모르겠다고 하셔서 거의 혼자 나가시지 않는다.

④ 정상적인 일상생활

옷 입고, 세수하고, 목욕하는 신변 처리는 혼자 하신다. 그 이외의 가사 활동은 아버지가 돌아가신 이후부터는 간병인이, 간병인이 그만둔 이후에는 내가 맡아 한다. 엄마는 냉장고에 있는 반찬을 꺼내 놓을 수 있으나 전기밥솥에 밥을 안칠 때는 취사가 되고 있는지를 잘 모르실 때도 있다.

⑤ 치매 진단 기준의 불충족

이 부분은 여러 검사(간이 정신 상태 검사 MMSE-K와 서울 신경 심리 검사 SNSB 등)의 점수들을 종합하여 의사가 진단한다.

이밖에 나타나는 증상들로는 무감동, 우울, 불안, 초조, 과민 등이 있다. 무감동은 가장 흔한 증상인데 의욕 저하, 흥미 감소, 정서의 둔화로 나타난다. 엄마는 원래 유머 있고 활발한 편인데 얼굴에 표정이 없어지고 멍하게 앉아 계시거나 계속 주무셨다.

흥미 감소도 나타난다. 엄마는 평생 아버지 뒷바라지 하느라 여행도 제대로 못했지만 호기심이 많았다. 그런데 어디를 가자고 해도, 뭘 해 보자고 해도 매번 싫다며 거절하셨다. 그간 엄마를 모시고 아쿠아로빅, 연필 스케치, 하모니카 등을 배우러 다녀 봤지만 매번 안 가겠다고 하셨다. 이제는 엄마의 거절에 익숙해져서 그냥 가신다고 하는 날이 더 신기할 정도다. 그런데 이 증상은 차츰 나아지고 있는 듯하다. 밖으로 많이 다니고 흥미로운 것들을 자꾸 보여 드리는 것이 도움이 됐는지 아니면 이 증상이 나아져서 밖으로 나가자고 해도 따라 나서시는 것인지는 잘 모르겠다.

우울은 국내 경도인지장애 환자의 1/3에게서 나타난다고 한다. 엄마는 전혀 우울하신 분이 아닌데 무감동, 흥미 감소와 함께 우울 증상이 있어서 현재 우울증 약을 드신다. 그 후로는 많이 좋아진 것 같다.

엄마의 가장 두드러진 증상은 초조다. 원래 느긋하고 유쾌한 성품이었는데 언제부터인가 느긋하게 기다리기 힘들어 하신다. 병원에 가서 줄을 서야 하는 경우엔 안절부절 못하고 자꾸 물어보고 들여다보고 하신다.

경도인지장애를 진단하는 검사는 없다. 치매를 진단할 때와 동일한 검사들을 실시해서 점수를 보고 종합해서 경도인지장애 여부를 결정한다(Box 1). 경도인지장애·치매를 진단할 때는 혈액 검사, MRI, 신경심리학 검사 등 다양한 검사들을 종합하여 사용한다. 엄마의 경우에도 2시간 정도에 걸쳐 다양한 검사를 받으셨고 보호자로 따라간 나도 아주 긴 설문지에 답했다.

치매처럼 경도인지장애도 아직까지 알려진 치료 방법은 없다. 검사 결과를 들으러 갔을 때 뇌신경센터 의사는 정확한 진단명을 알려주지 않은 채 드실 약(아리셉트)과 패치를 처방해 주었다. 그리고 채소가 풍부한 식사, 땀이 찰 정도로 빠르게 걷기 운동, 한자 공부와 인지학습 책자를 권했다.

Box 1

치매나 경도인지장애 진단을 위한 검사들

- 혈액 검사: 당뇨, 고혈압, 고지혈증, 호모시스테인 혈증, 갑상선 기능 이상 여부 등의 내과적 질환 유무를 확인하는 데 사용된다.
- 유전자 검사: APOE ε4(아포지질단백질 E4)의 유전자 보유 여부를 확인하는 데 사용된다.
- 뇌자기공명영상 검사(MRI): 뇌의 구조적인 변화를 알 수 있으며, 뇌의 위축 및 노화 상태, 동반된 뇌혈관의 이상 여부를 확인할 수 있다.
- 양전자방출단층촬영 검사(PET): 뇌의 기능을 알아보기 위해 실시한다. 뇌의 대사가 저하된 영역을 확인함으로써 치매로의 진행 가능성에 대한 정보를 얻을 수 있다. 또한 알츠하이머형 치매의 원인 단백인 아밀로이드 침착 유무를 확인하기 위해 아밀로이드 PET 검사를 시행할 수도 있다.
- 인지기능 검사들: 신경심리 평가, 주의 집중력, 기억력, 언어 사용 능력, 공간 지각 능력, 고위 인지기능, 판단력 등을 객관적으로 평가한다. 수행이 저하된 인지 영역을 확인하고, 인지기능 저하의 유무 정도를 평가할 수 있다.

   MMSE-K(한국판 간이정신상태 검사, Mini Mental State Examination-Korean version) 전반적인 인지기능 수준을 5~10분의 짧은 시간 내에 측정할 수 있도록 고안된 선별검사. 7가지 인지영역(시간 지남력, 장소 지남력, 기억등록, 주의집중 및 계산, 기억회상, 언어 기능, 시각공간 구성 능력)을 포함하는 총 30문항으로 구성되어 있고, 문항 당 1점씩 총점 30점 만점이다. 24점 이상은 '확정적 정상', 20~23점을 '치매 의심' 그리고 19

점 이하는 '확정적 치매'로 제시했다. 연구자마다 기준점이 조금씩 다른데 20~23점일 때 경도인지장애가 의심된다.

SNSB(서울신경심리 검사, Seoul Neuropsychological Screening Battery)는 주의집중 능력, 언어 기능, 시공간 기능, 기억력 및 전두엽/집행 기능의 5개 인지 영역을 측정하는 다양한 검사들과 치매 심각도를 평정하는 척도들로 구성되어 있다. 검사는 환자와 검사자가 일대일로 실시하며 1시간 30분~2시간 정도 걸린다.

- CDR(치매임상평가 척도, Clinical Dementia Rating)은 인지 수준과 일상생활 기능 정도를 함께 평가하여 전반적인 치매 심각도를 평정한다. 주로 환자가 인지검사를 받고 있는 사이에 보호자가 평가하거나 면담을 통해서 기억력, 지남력, 판단력과 문제해결 능력, 사회활동, 집안 생활과 취미 및 위생 및 몸치장의 6개 영역을 7점 척도로 평가한다. 점수가 낮을수록 인지와 일상생활 수준이 높은 것을 의미한다. 경도인지장애는 CDR 0.5에 해당한다.[5]
- GDS(한국판 전반적퇴화 척도, Global Deterioration Scale)는 임상 경험을 토대로 개발된 치매 환자의 중증도를 제시하는 등급 척도로 1~7 단계로 되어 있다. 각 단계의 인지장애 정도를 구체적인 예를 들어 기술하여 검사자가 어느 단계인지 쉽게 판단할 수 있다. 1점은 인지장애가 없음을 의미하고, 점수가 높을수록 인지장애가 심하다는 것을 의미한다. 초기 인지장애를 세밀하게 단계별로 분류하고 있어 유용한 검사도구이다. 경도인지장애는 GDS 2~3점에 해당한다.

인지검사의 점수만큼이나 중요한 것이 일상생활에서의 기능수준이다. 경도인지장애의 정의 상 인지저하는 존재하지만 독립적인 일상생활이 가능해야 경도인지장애에 해당하므로 일상생활이 어려워질수록 치매가 될 가능성이 높다. 일상생활의 기능 저하는 ADL, K-IADL로 측정한다.

- ADL(신체적 일상생활 수행 능력, Activities of Daily Living): 식사하기, 옷 입기, 세수하기, 목욕하기, 대소변 가리기, 화장실 사용하기, 이동하기, 걷기, 계

단 오르기 등 기본적이고 육체적인 기능의 수준을 보호자가 평가한다.
- K-IADL(한국판 도구적인 일상생활기능 척도, Korean Instrumental Activities of Daily Living): 시장 보기, 교통수단 이용, 돈 관리, 집안일 하기, 기구 사용, 음식 준비, 전화 사용, 약 복용, 최근 기억, 취미생활, 텔레비전 시청 및 집안 수리하기의 11개 항목에 대하여 지난 1개월 동안 환자가 어떻게 기능하였는지를 보호자가 평가한다. 점수가 높을수록 도구적 생활기능의 어려움이 큰 것을 의미한다.

이외에도 생활습관 평가설문지, Korean Dementia Screening Questionnaire(KDSQ), Caregiver-Administered Neuropsychiatric Inventory(CGA-NPI), Frontal Behavioral Inventory(FBI), Frontal Executive dysfunction/Disinhibition/Apathy Scale(FEDAS)를 실시한다.

2010년부터 지금까지 엄마의 진단 기록을 살펴보면 처음엔 비기억형 경도인지장애로 시작해서 기억형 경도인지장애, 단일영역 경도인지장애, 다영역 경도인지장애, 그리고 알츠하이머 등의 진단명이 기록되었다. 증상의 심각도도 바뀌고, 인지검사의 점수가 더 낮아지거나 더 높아지기도 했다.

최근 몇몇 종단연구들의 결과에 따르면 상당수의 경도인지장애 환자가 정상인지로 돌아가기도 한다. 회귀의 비율은 연구에 따라 다르다.[6] 병원에서 진행된 연구들은 4~15%, 일반 지역 사회 노인들을 대상으로 한 연구에서는 29~55%까지 다양하다.[7] 한국 연구에서는 특별한 처치 없이 1년 뒤 추적 조사에서의 정상인지 회귀율은 44.1%로 나타났다.[8]

많은 연구에서 경도인지장애에서 정상인지로 회귀하는 집단의 특성들을 밝혀냈다. 예를 들어 더 낮은 연령, 미혼(반대 결과도 있음), APOE ε4 유전자의 부재, 뇌영상 요인들(더 큰 해마의 부피), 더 나은 인지기능, 단일영역의 경도인지장애일수록, 타인들이 인지하지 못하는 기억 문제, 관절염, 고혈압과 이상 지질이 없을수록, 복잡한 정신 활동, 경험에 대한 개방성, 시력과 후각 능력이 좋을수록 정상으로의 회귀 가능성이 높다.

일상생활의 습관 중에서도 정상인지로의 회귀와 관련되는 요인들이 있다. 한 일본 연구에서 지역 사회에 거주하고 있는 노인들을 대상으로 조사해서 4년 후 이들을 경도인지장애에서 정상인지 회귀 집단과 비회귀 집단으로 분류해 생활습관을 비교했다.[9] 지역 사회에 거주하고 있는 396명의 경도인지장애 노인들(65세 이상)이 연구에 참여했는데 이들 중 202명이 경도인지장애에서 정상인지로 회귀했다(51.0%). 정상인지로 회귀 집단은 비회귀 집단에 비해 운전, 지도를 사용해서 낯선 곳 여행하기, 신문이나 책 읽기, 문화강좌 수강, 지역사회의 모임, 취미 또는 운동 활동, 야외 작업 또는 정원 가꾸기에 더 많이 참여했다. 비회귀 집단은 연구 기간 동안 회귀 집단에 비해 야외 작업이나 정원 가꾸기를 중단할 가능성이 더 높았다.

한국 연구에서 경도인지장애로 남은 노인들은 정상으로 회귀한 노인들에 비해 연령이 높고, 교육 년수가 낮았다. 이를 통해 연령과 교육 년수는 경도인지장애의 발생 관련 요인이면서 동시에 경도인지장애 노인의 인지기능이 정상으로 회귀하는 데에 영향을 미친다는 것을 알 수 있다. 또한 정상 인지로 회귀한 노인들은 TV 보기, 라디오 듣기, 신문 또는 잡지 보기, 책 읽기, 놀이하기(고스톱 등), 문화교실 참가(영화관람 포함)등 다양한 여가활동을 하는 빈도가 더 높았다.

아버지가 돌아가셨다

2018년 10월, 91세 생신을 며칠 앞두고 아버지가 돌아가셨다. 장례를 마치고 돌아오면서부터는 엄마가 걱정되었다. 아버지와 60년 넘게 함께 하는 동안 엄마는 늘 아버지를 위해 사셨다. 이제 아버지가 안 계시니 엄마가 혼자 사실 수 있을까? 상상이 안 되었다. 엄마는 아버지가 더 이상 안 계시다는 것을 인정하실까? 무엇보다 아버지가 돌아가신 사실을 기억하실까?

아버지를 선산에 모시고 돌아온 며칠 후 아버지가 쓰시던 전동침대를 내어 가는 것을 보고 엄마가 "아버지는 어디 계시냐?"고 물으셨다. 가슴이 철렁했다. 아버지의 장례식 사진과 삼우제 사진을 보여드렸다. 그 뒤로 엄마는 아버지가 돌아가신 것에 대해 다시 묻지 않으셨다.

엄마는 혼자서는 무서워서 못 주무시겠다고 했다. 아버지가 편찮으신 동안 도우미와 입주 간병인이 있었기 때문에 식사 준비도 손을 놓으신 지 꽤 되었다. 결국 형제끼리 가족회의를 해서 아버지를 돌봐 주던 입주 간병인을 그대로 두는 것이 최선이라고 결정했다. 간병인은 엄마를 "엄마"라고 부르며, 가끔 들르는 나보다 더 딸처럼 살가웠다.

우리 네 남매도 각자 엄마의 생활에서 일부분씩 담당했다. 엄마와 아파트 같은 동에 살고 있는 여동생이 매일 드나들면서 보청기·안경 문제, 세금, 신문대금, 차차(엄마의 반려견) 관리 등 자질구레하지만 셀 수 없이 많은 일들을 처리해 주었다. 파주에 직장이 있어서 주말부부인 남동생 내외는 간병인이 집에 가는 일요일 오후 엄마 산책과 저녁식사를 담당했다. 같은 아파트 다른 동에 살던 나는 식료품 구매와 간병인이 없는 일요일 저녁부터 월요일에 간병인이 돌아올 때까지 엄마와 함께 지냈다. 일본에 사는 여동생은 CCTV로 엄마를 관찰하고 카카오톡으로 비용 처리와 월말 정산을 담당했다.

간병인과 함께 살면서 엄마는 완전히 환자 취급을 받기 시작했다. 아버지의 장례 후에 엄마는 좀 쉴 시간이 필요하기도 했다. 원래 밖으로 다니는 곳이 없던 엄마는 하루 종일 집에 계셨지만 입주 간병인이 살림을 도맡으면서 가사도 놓으셨다. 식사는 잘 하셨는데 문제는 간병인의 식성이었다. 이분이 채식주의자여서 생선이든 고기든 재료를 사다 드려도 조리를 잘 못 하셨다. 가끔 들여다보면 두 분이 주로 나물 반찬에 고봉밥으로만 식사를 하고 계셨다. 2019년 1월의 가정의학과 방문 기록을 보면 엄마는 체중이 몇 달 사이에 4kg이나 증가했고 속이 불편했으며 공복 혈당이 올라갔다.

아침에는 요양사가 왔지만 엄마는 잘 안 보려 하셨다. 우울증 때문인지 산책을 나가자고 하면 싫다고 거부하셨고 간병인도 요양사도 엄마의 고집을 꺾지 못했다. 그 때도 차차가 있었는데 5~6개월의 어린 강아지였고 마침 겨울이라 산책을 나가지 않았던 것 같다. 엄마는 방에 들어가 누워 계시고 요양사는 거실에서 TV를 보며 간병인과 이야기를 하다가 돌아간 적도 있었다. 요양사를 두 번이나 교체했지만 엄마는 아무에게도 마음을 열지 않으셨다. 당시 요양사들에게 내가 부탁했던 것은 엄마께 스마트폰 사용법을 가르쳐 달라는 것이었다. 그러나 다들 집안일을 돕고 식사 차리기는 하겠는데 스마트폰 가르치기는 어렵다며 고개를 저었다.

아버지가 돌아가신 지 1년이 되어가면서 엄마는 차츰 기력을 찾으셨지만 시간만 나면 침대에 눕고 멍하니 계시는 시간이 늘었다. 말도 없어지고 걸음걸이와 행동도 느려지셨다. 엄마에게는 신체활동과 인지적인 자극이 있는 환경이 필요했다. 하버드대 심리학과 교수인 엘렌 랭어의 〈시계 거꾸로 돌리기〉 실험이 생각났다. 75~80세 노인 8명에게 20년 전 즉, 이들이 50대 후반이었을 때의 생활 환경을 제공하고 그 속에서 일주일 동안 살게 했다. 이들은 원래 가족이나 간병인의 도움 없이는 일상생활을 할 수 없었던 노인들이었는데 이 실험에 참여해서는 스스로 요리, 설거지, 청소 등의 일상생활 활동을 해야만 했다. 프로그램에 참여한 지 1주일 만에 놀라운 변화가 일어났다. 혼자서 걷지도 못하던 노인들이 스스로 일어났고 시력, 청력, 기억력이 모두 향상되었다.

이 실험은 우리의 마음이 얼마나 중요한지를 보여 준다. 스스로 노인이며 환자라고 생각할 때와 20년이 더 젊다고 생각하고 행동할 때 우리의 몸과 마음이 변화한다는 것이다. 우리나라에서도 EBS에서 유사한 실험을 실시하여 〈황혼의 반란〉이라는 프로그램으로 방영하기도 했다. 또 2018년 KBS 스페셜 〈주문을 잊은 음식점〉에서는 경증치매 노인들이 음식점 운영에 참여하는 과정을 보여준 적이 있다. 노인들이 직접 음식을 주문받고 서빙하며 음식점을 운영하면서 이들의 우울하고 수동적인 삶은 적극적이고 참여하는 삶으로 바뀌었다. 실제로 상해에 있는 카페 '날 잊지 말아요'는 동일한 제목의 방송으로 시작해서 방송 후에도 경도인지장애, 경증치매 노인들을 고용하여 운영하고 있다고 한다. 엄마에게도 환자 취급이 아니라 더 주도적으로 생활할 수 있는 환경이 필요했다.

70년 만에 초등학교에 가다

2019년 4월 말에 성묘를 위해 아버지의 산소가 있는 군위에 내려갔다. 남동생도 함께 갔다. 이 무렵부터 여동생과 올케는 몸이 좋지 않았다. 둘 다 수술을 받아야 했다. 성묘를 위해 일본에 사는 여동생 네가 부산으로 들어와서 군위에서 만나기로 했다. 남편이 1박 2일 일정으로 엄마를 모시고 여행처럼 다녀오자고 했다. 좋은 생각이었다. 엄마도 다른 여행은 마다하시지만 아버지의 성묘를 핑계대면 반대하실 리가 없었다. 남편과 여행 계획을 짰다. 첫 날은 소백산 풍기 온천 리조트에서 온천을 하고 다음 날은 성묘를 하고 올라올 계획이었다.

성묘를 떠나는 날 아침부터 날씨가 아주 좋았다. 남동생도 함께 가는 여행이라 엄마는 조금 들떠 계셨다. 몇 시간 고속도로를 운전해서 내려가는 동안 엄마는 전혀 졸지 않으셨다. 휴게소에서는 식사를 맛있게 하셨고 지나가는 풍경을 보고 한 마디씩 하셨다. 엄마에게는 실로 오랜만에 떠나는 자동차 여행이었다. 드디어 경상도에 들어서서 풍기 근처를 지나갈 때 불현듯 풍기에 들려 볼 생각이 들었다. 엄마가 가끔 풍기를 제2의 고향이라고 말씀하시곤 해서 나도 풍기가 궁금했다. 그래서 무작정 풍기를 방문했다.

우선 제일 먼저 보이는 인견 가게에 들어가서 여동생들과 올케를 위해서 인견 원피스를 샀다. 엄마는 한사코 안 산다고 하셔서 속옷을 사드렸다. 그리고 엄마가 다니던 풍기초등학교를 찾았다. 너무나 감사하게도 바로 가게 맞은편이 엄마가 무려 70여 년 전에 다니던 풍기초등학교(그 당시는 국민학교) 자리였다.

길을 건너니 개교한 지 110년이 지난 풍기초등학교가 그 자리에 남아 있었다. 물론 학교는 넓은 운동장에 인조 잔디도 깔리고 70년 전의 모습이 아니었지만 엄마의 기억 속 풍기국민학교를 불러오기에 충분했다. 운동장에 앉아 있던 초등학생들에게 엄마를 대 선배라고 소개했다.

엄마는 남동생의 손을 잡고 교정 여기저기를 둘러보셨다. 그리고 근래에 보기 드물게 상기되어 옛 기억을 떠 올리셨다. 엄마는 대구에서 초등학교 3학년까지 다니다가 풍기로 피난을 가셨다. 4~6학년을 풍기에서 다니고 거기서 졸업하셨다. 이듬 해에 해방이 되어 다시 대구로 돌아오셨다. 짐작건대 딸이 다섯이나 되던 외가는 일제 말기에 정신대 소집을 피해서 풍기로 피난을 가신 것 같다. 풍기는 조선시대 정감록에 '재난이 들지 않는 땅'으로 으뜸가는 피란처였다고 한다.

엄마의 기억 속 풍기국민학교 옆에는 파출소가 있었고 (아직도 바로 옆에 경찰서가 있다.) 학교 앞에는 바람이 많이 불었다. 그 당시 풍기국민학교에는 풍기의 재력가 자녀들, 파출소장의 아들 등이 다녔는데 이미 장가를 간 남학생도 있었다. 정신대로 끌려가지 않으려고 여학생들은 졸업하기도 전에 벌써 혼담이 오갔다.

학교를 나와 철길을 건너면 엄마가 살던 마을이 있었다고 하셨다. 그래서 엄마가 살던 동네를 찾으러 차로 돌다가 철길을 발견했다. 그리고 '서부리'라는 지명이 남아 있는 일대를 발견했다. 아마도 그 부근 어디엔가 외가가 있었을 것이다.

당시 풍기엔 중학교가 없었다. 학교에서는 중학교 시험 준비를 전혀 시켜 주지 않았다. 졸업반이 된 엄마는 중학교 시험 준비를 어떻게 해야 하나 걱정이 되었다. 결국 친구들과 영주까지 가서 (시험 정보를 얻어 온 것이 아니고) 공부하면 중학교에 붙을 수 있을지 용한 점쟁이에게 점을 보고 왔다!

난 그날 평소와 전혀 다른 엄마의 모습을 보았다. 말을 붙이기 전에는 한 말씀도 하지 않고 틈만 나면 주무시던 우울한 엄마가 더 이상 아니었다. 풍기에서 학교를 다니던 시절 이야기를 하는 엄마는 생기가 넘쳤다. 마치 영주까지 모험을 떠나던 풍기국민학교 꼬맹이 여학생의 시절로 되돌아간 듯했다. 엘랜 랭어의 〈시계 거꾸로 돌리기〉 실험 속에서 일어난 일들이 가능할 수 있겠다는 생각이 들었다.

엄마는 사진을 보여드리지 않으면 다음 날이면 풍기초등학교를 방문했던 그 흥분된 기억도 다 잊으실 가능성이 높았다. 그러나 괜찮았다. 순간순간을 이렇게 행복하고 기쁘게 지내시면 된다는 생각이 들었다.

작더라도 즐거운 일들이 자주 쌓이면 그게 행복한 삶이 아닐까? 풍기에서 엄마를 새로 만난 이 날의 감동을 나는 잊을 수가 없다. 그 날의 일을 기록하면서 나의 블로그가 시작되었다.

엄마를 책임질 수 있어?

풍기에 다녀온 이후부터 엄마를 모시고 여기저기 근교를 다녀오거나 엄마와 지내는 시간이 점점 길어졌다. 게다가 가장 큰일을 해 오던 여동생의 건강에 이상이 생겼다. 거의 비슷한 시기에 올케도 몸에 이상이 생겼다. 그래서 그동안 동생이 해 오던 일들을 내가 담당하게 되었다.

서너 달 엄마와 보내는 시간이 늘어나면서 엄마에 대해 더 많은 것을 알게 되었다. 엄마는 집 밖으로 나가서 새로운 곳을 여행하거나 외출하면 호기심이 가득하고 유쾌한 옛날 엄마로 돌아갔다. 식사도 잘 하시고 1시간도 걸으셨다.

엄마의 이러한 모습을 보며 아예 엄마와 자주 여행도 다니고, 엄마가 아직 우리를 알아보고 엄마랑 소통이 될 때 엄마의 남은 시간을 함께 보내고 싶어졌다. 병원에서 엄마의 그간 진단 기록을 다 복사해 오고 경도인지장애에 대해 찾아보았다. 정의상 경도인지장애는 일상생활이 가능한데도 우리가 엄마를 너무 환자 취급만 한 것은 아닌지, 엄마가 손에서 일을 놓으시니 오히려 그나마 있던 잔존기능이 더 빨리 사라지는 것은 아닌지 염려되었다. 그리고 무엇보다 엄마의 식사를 바꾸어야 했다. 당시 엄마는 당뇨와 고혈압이 조금씩 있는 상태였는데 매끼 쌀밥을 너무 많이 드시고 고기와 채소는 부족하게 드셨다. 게다가 운동도 꾸준히 하기 힘들어 보였다. 현실적으로는 바로 옆에 살아도 내가 두 집을 오가기가 힘들었다.

그러던 차에 고맙게도 남편이 먼저 간병인을 보내고 처남이 들어오든 우리가 들어가든 합가를 하자는 아이디어를 냈다. 남동생은 형편상 들어올 수가 없었고 우리 집 남자들은 합가에 흔쾌히 동의해 주었다. 가족들의 동의를 얻은 뒤 내가 먼저 동생들에게 이야기를 꺼냈다.

남동생 네가 제일 먼저 동의를 했다. 여동생들은 반신반의했다. 일단 엄마의 상태에 대한 생각이 나와 달랐다. 동생들은 간병인이 필요하다고 생각했고 만약의 경우 엄마의 상태가 더 나빠지면 내가 어떻게 감당할지를 걱정했다. 그동안 나는 항상 바쁜 언니로 집안일에서 제외된 사람이었다. "그런 언니가 엄마를 돌본다고?" 일본에 사는 동생이 전화로 물었다. 사실 나도 자신이 없었다. 한 번도 경험해 보지 못한 일이라 모르겠다.

  – 엄마를 책임질 수 있어?
  – 나도 몰라. 그 뒤엔 어떻게 될지. 근데 지금 엄마가 나를 알아보고 엄마랑 얘기가 통할 때 엄마랑 즐겁게 살고 싶어. 나중을 걱정하면서 지금 엄마랑 좋은 시간을 놓치지 않았으면 좋겠어.

이게 내 대답이었고 내 진심이었다. 내가 엄마를 어디까지 책임질 수 있을까? 내가 대단한 효녀도 아니고 치매 노인을 모시는 다큐멘터리에 나오는 그런 자식들처럼 모실 자신도 없었다. 어찌 보면 무책임하다고 할 수도 있었다. 그러면서도 마음 한편으로는 동생들이 선뜻 동의해 주지 않아서 섭섭하기도 했다.

내가 나름대로 마음을 굳히게 된 데에는 그 해 초에 TV에서 봤던 드라마 〈눈이 부시게〉의 영향도 있었다. 치매 환자였던 김혜자가 극 속에서 한 대사가 기억에 남았다.

"내 삶은 때론 휑했고 행복했습니다. 삶이 한낱 꿈에 불과하지만 그래도 살아서 좋았습니다. 새벽에 쨍한 차가운 공기, 꽃이 피기 전 부는 달큰한 바람, 해질 무렵 우러나오는 노을의 냄새, 어느 한 가지 눈부시지 않은 날이 없었습니다. 지금 삶이 힘든 당신. 이 세상에 태어난 이상 당신은 이 모든 걸 매일 누릴 자격이 있습니다. 후회만 가득한 과거와 불안하기만 한 미래 때문에 지금을 망치지 마세요. 오늘을 살아가세요. 눈이 부시게. 당신은 그럴 자격이 있습니다."

- 드라마 〈눈이 부시게〉 중에서

과거를 후회하다가 혹은 미래를 걱정하다가 오늘 이 순간을 놓치지 말라는 말. 오늘을 살아가라는 그 말이 나의 마음을 울렸다. 그래 오늘을 살아가자!

결국 최종 결정은 엄마가 내리셨다. 엄마가 아빠를 집에서 모셨던 것처럼 나도 엄마를 최대한 '집'에서 모시기로 했다. 엘랜 랭어의 실험처럼 사람들이 출근하고 퇴근하며 돌아오는 집에서, 손자들이 왜 아직 안 들어오는지 기다리고, 함께 TV를 보며 저녁거리를 걱정하는 집에서 엄마를 모시기로 했다. 엄마와 함께 오늘을, 눈이 부시게, 살아가고 싶었다.

이사 준비

━━ ━━ ━━ ━━ ━ ━━ ━━

　합가를 결정하고 나니 무엇부터 해야 할지 당최 엄두가
나질 않았다. 우선 엄마 집을 정리해서 우리 짐이 들어올 자
리를 마련하는 것이 급했다. 이사 당일 아침 이사업체에서
남자 2명이 와서 정리하고 버릴 건 버려 주기로 했다. 우리
는 버릴 것과 간직할 것을 정하기만 하면 됐다.

　먼저 엄마와 함께 아빠 서재의 책을 정리하기 시작했다.
다 버려야지 하고 시작했는데 시간이 갈수록 엄마에게는 버
릴 책보다 간직할 책이 더 많아졌다. 평소 있는지도 몰랐던
책들을 읽겠다고 다시 꽂아 두셨다. 십 년도 지난 옛날 도로
지도도 선뜻 버리지 못하는 엄마에게 이젠 지도책이 필요
없다고 말씀드려도 믿지 못하시는 표정이었다.

하루는 남동생과 올케까지 합세해서 치웠지만 진도가 나가질 않았다. 올케가 곤도 마리에의 《설레지 않으면 버려라》를 보라고 추천했다. 미니멀리즘으로 유명한 곤도 마리에식 정리법은 옷이나 버릴 물건들을 모두 쌓아 놓고 하나씩 들어 보며 마음이 설레는지 확인한다. 이때 마음이 설레지 않는다면 "그동안 고마웠어!" 인사를 하며 과감히 버린다.

흠, 쉽지 않다. 요즘은 이와 비슷한 TV 프로그램도 생겼지만 버리는 것이 여전히 쉽지 않았다. 동영상을 보면 그대로 따라 해서 집을 말끔하게 치운 사람들도 많던데 그동안 마음이 딱딱해졌는지 내 마음은 잘 설레질 않았다. 그래도 못 버리겠다. 설렘 대신 '나중'을 생각해서 그렇다. 더 큰 문제는 내가 버려도 엄마가 다시 주워서 들고 오시는 것이다.

너무나도 오래된 플라스틱 용기들을 버렸더니 엄마가 다시 들고 들어오셨다.

- 엄마, 이건 버려야 해. 이거 보고 마음이 설레요?
- 응! 마음이 설레.
- ….

이런 식이다. 하루는 엄마를 잠시 동생 집으로 모셔 놓고 묵은 짐 정리를 시작했다. 엄마가 안 계신 시간 동안 최대한 버릴 건 버려야 해서 마음이 바빴다. 오후엔 헌옷 수거업체에서 오기로 되어 있었다. 그런데 예상대로 되지 않았다. 헌 옷 수거업체는 2시간쯤 뒤에나 올 수 있다고 한데다가 엄마가 짐 정리를 돕는다며 갑자기 집으로 돌아오셨다. 다행히 현관에 쌓아 놓은 헌옷을 지나치시더니 내가 버린 책들을 다시 한 권씩 책꽂이에 꽂기 시작하셨다. 지난 주말에 다 보고 분류해 둔 책이라고 말씀드려도 소용이 없었다.

아버지가 엄마 읽으라고 남겨두신 책이라며 《종교학 사전》부터 난 읽을 수도 없는 일본책들, 가정요리책까지 다 챙기셨다. 나도 모르게 엄마에게 큰 소리를 냈다.

– 엄마, 이거 읽지도 않을 거야!
– 다 읽을 거야.

엄마도 절대 물러서지 않으셨다. 합가는커녕 이사를 시작하기 전부터 쉽지 않았다. 우리가 어릴 때 엄마는 저 요리책들을 보며 함박스테이크 같은 양식 요리를 해 주셨다. 내가 영어 단어를 외울 때 만들었던 단어카드도 한 박스 나왔다. 추억이 깃들어 있지만 있는지도 몰랐던 물건들, 두자니 자리만 차지하고 버리자니 엄마의 마음을 상하게 할까 걱정됐다. 내가 버린 물건 자체는 기억을 못 해도 서운한 마음은 기억하실 수도 있을 것 같다. 엄마는 현관에 쌓인 이불들을 다시 펴 보곤 착착 접어 방으로 들고 들어가셨다.

엄마와 삼시세끼

이사는 9월 5일로 예정됐다. 간병인이 그 전 주 토요일에 미리 나가고 이사 전에 일주일 동안 나만 먼저 엄마 집에 들어와서 살았다. 그동안도 주말에는 자주 와 있었지만 엄마와 온전히 하루를 보내기가 어떨지 실감을 못 했었다.

이사 전 엄마와 단 둘이 하루를 지내 보니 완전 〈삼시세끼〉가 따로 없다. 아침 먹고 점심 준비하고 점심 먹고 저녁준비하고 저녁 먹고, 그 사이사이 산책 나가고.

우선 아침은 빵으로 대체하고 채소를 많이 드리려고 노력했다. 엄마는 아빠가 계실 때도 빵으로 아침을 드신 적이 있어서 다행히 식사의 변동에도 별로 저항이 없으셨다. 잡곡 식빵 한 조각, 달걀토마토 볶음, 과일 한 조각, 두유. 앱으로 칼로리를 계산해 보니 약 560 칼로리, 탄수화물은 적절했고, 지방은 권장량보다 조금 많고 단백질은 부족했다.

간병인이 있을 때 월요일 점심 이후에 돌아왔기 때문에 점심엔 한동안 요양사가 함께 식사를 했다. 엄마와 요양사가 함께 공부하는 동안 내가 부엌에 들어가 뚝딱거리니 엄마는 안절부절못하며 공부에 집중을 못 하셨다. 평생 딸내미 공부하라고 뒷바라지하셨는데 거꾸로 되었으니 그러셨을 것이다. 이제는 내가 갚아야 할 때다. 이런 기회가 생겨서 감사했다.

난 처음 써 보는 엄마의 채칼에 손가락 부상을 당해가며 첫 식사를 차렸다. 부족한 단백질 보충을 위해 생선을 굽고, 감자는 채를 썰어 볶아 상을 차리고 나니 마음이 뿌듯했다.

나의 외출이 문제였다. 엄마가 혼자 계실 수도 있다고 생각했지만 그동안 간병인과 24시간을 같이 계셨기 때문에 처음엔 안심이 안 됐다. 내가 외출을 해야 할 때는 위층에 사는 동생에게 부탁하고 나왔다. 그러니 외출을 하더라도 마음이 급했다. 내가 자진해서 엄마를 맡겠다고 해 놓고 자주 외출을 하는 것도 왠지 눈치가 보였다. 또 외출 후 돌아와서 저녁 준비를 하고 엄마와 산책도 하려면 마음이 바빴다.

하루는 엄마를 부탁하고 외출했다가 저녁 준비를 하려고 5시 반쯤 돌아왔다. 저녁 식사를 준비하려고 보니 엄마는 벌써 맨밥에 물을 말아서 김치하고만 혼자 저녁을 드셨다. 냉장고 속 다른 반찬은 손도 대지 않으셨다. 난 제대로 차려 드리려고 서둘러 들어왔는데 실망스럽기도 하고 또 죄송하기도 했다.

저녁 전에 들어온다고 말씀드렸는데도 엄마는 내가 안 보이니 집에 간 줄 알았다고 하셨다. 말씀만 드리면 곧 잊어버리시니 외출할 때마다 어디다 적어 놓고 나가야 했다. 적어 놓고 나가도 어떨 땐 엄마가 전화를 걸어서 어디 갔는지 찾으셨다. 이래저래 외출할 때마다 마음이 편치 않았다.

따로 살면서 가끔 들러 산책을 가자고 할 때는 잘 따라 나오시더니 같이 살고부터는 산책을 자주 거부하셨다. 다리에 힘이 없어서, 귀찮아서, 더워서, 추워서 등의 다양한 이유로 산책을 시큰둥해 하셨다. 엄마의 식사와 운동을 챙기려고 내가 이사 온다고 했는데 이게 뭔가 싶어서 이사 들어오기도 전에 완전 좌절을 경험했다. 이 시기, 저녁 식사 후 엄마는 TV를 보다가 자러 들어가시고 퇴근한 아들과 남편에게 바톤을 넘기고 운동하러 나가는 시간이 내게는 휴식 시간이었다. 처음으로 엄마와 온전히 하루를 보내는 일이 생각보다 쉽지 않았다.

간병인이 나가고 열흘쯤 뒤, 아버지가 돌아가신 지 1년이 되어갈 무렵 우리는 19년 만에 이사를 했고 엄마와 함께 살기 시작했다. 그 때는 미처 몰랐다. 내가 여태껏 해 보지 않던 시집살이를 친정에서 하게 될 줄은….

chapter 2

시집 같은 친정살이

성인군자 유재석 형 엄마

- 선생님한테 내가 차를 타 드려야 하는데, 거꾸로 선생님이 차를 타 오시네예. 학생이 이래도 되는지….

엄마는 딸뻘 요양사 선생님이 커피를 타 오면 언제나 이렇게 몸 둘 바를 몰라 하신다. 체조를 할 때에도 의자가 필요해서 요양사 선생님이 들고 오려 하면 머리가 허연 엄마가 먼저 움직이서서 상대방을 난감하게 만든다.

엄마는 평생 대접받기보다 대접을 하는 사람이었다. MBTI 검사 결과도 '유재석 성격 유형', '성인군자형'이라고 나온다. 딱 맞다. '긍정적인 마인드, 마음이 따뜻하고 배려·동정심이 많고 겸손, 말보다 행동' 이게 엄마 성격이다. 언제나 당신보다 남을 우선에 두고 배려하셨다. 특히 엄마 나이 또래의 여자들이 그러하듯 '남자'를 최우선에 두고 사셨다.

그렇게 된 데에는 딸 다섯에 아들 하나인 외가에서 셋째 딸로 태어난 엄마의 사연도 당연히 한몫한다. 외할아버지는 얼마나 아들을 기다렸으면 '다음엔 아들을 낳으라.'는 뜻으로 엄마의 이름을 지으셨다.

우리 반에 들어오는 선생님 마다 'ㄴ이 일어나 봐!' 하고는 '너 남동생 봤니?'라고 물으시는 거야. 그럴 때마다 '아니요.' 하고 대답하기가 어찌나 창피한지. 그래서 난 내 이름이 싫어.

엄마는 평생 그 이름대로 아버지, 아들, 사위, 손자를 최우선에 두고 사셨다. 물론 맏딸인 나도 특혜를 많이 받았지만 엄마의 남자 우위 때문에 같이 살면서 불편한 점도 생겼다. 아버지를 특별 대우하던 엄마가 요즘은 사위와 손자들을 특별 대우하기 때문이다. 내가 아침 산책을 나가려는데 사위가 느지막이 아침을 먹으려 하면 엄마는 "남편이 밥을 먹는데 어디를 나가냐?"며 남편 옆에 앉아 있으라신다.

식탁에서 사위가 물이라도 따르면 앉아서 컵을 받기도 황송해 하신다. 반찬 중에 고기나 생선 등 맛있는 반찬이 있으면 사위와 손자들이 다 먹은 후에야 남은 반찬에 젓가락을 대신다. 이걸 눈치 챈 다음부터는 내가 반찬을 각자 접시에 먹을 만큼 덜어놓기 시작했다. 그랬더니 이번엔 엄마 접시에서 반찬을 덜어서 사위나 손자에게 주신다. 심지어는 남겨서 차차까지 챙겨 주려고 하셔서 나랑 옥신각신 하곤 한다. 방금 한 따뜻한 밥은 사위와 손자 몫이고 식은 밥은 나와 엄마가 먹자고 하셔서 내가 소리를 지른 적도 있다.

남편이 집에 있을 때 내가 친구를 만나러 나갔다가 엄마에게 야단맞은 적도 있다. 엄마께 미리 나간다고 말씀드렸고 어떤 친구들을 만나는지도 말씀드렸다. 저녁도 준비해 놓았고 남편이 있으니 나는 훨씬 더 마음 편하게 친구들을 만나고 들어왔다. 평소라면 주무시는 시간인데도 엄마가 안 주무시고 날 기다리고 계셨다. 들어오자마자 엄마는 무서운 얼굴로 내게 화를 내셨다. 엄마는 사위 보기에 미안하셨나 보다. 한바탕 야단을 치고서야 화가 덜 풀린 얼굴로 방으로 들어가셨다. 늦게 다닌다고 야단맞기는 대학교 때 이후로 처음이었다. 방에서 듣고 있던 남편과 나는 서로 눈이 마주치자 함께 웃었다.

박사방이 뭐니?

- 사전 좀 빌려줄래?

- 무슨 사전? 사전 없는데….

- 그냥 사전. 공부하는 애가 사전도 없니?

- 엄마 요즘은 사전이 필요 없어요. 뭘 찾으시려고?

- 뭘 좀 찾으려고. 사전 없이 어떻게 찾니? 판데믹, 팬데믹인가?

TV에서 팬데믹, 팬데믹 하니까 엄마가 그 뜻이 궁금하셨나 보다. 그 때마다 알려드렸는데 또 궁금해하신다. 엄마의 스마트폰으로 녹색 창에서 검색하는 방법을 여러 번 알려드렸다. 녹색 창을 열어서 '팬데믹'이라고 치니 '전염병이 전 세계적으로 크게 유행하는 현상'이라고 나온다. 엄마는 두꺼운 사전 없이 스마트폰이 다 대답해 주는 걸 보고 감탄하셨다. 하지만 곧 잊고 또 찾으실 가능성이 높다.

하루는 뉴스를 보다가 갑자기 '박사방이 뭐니?'하신다. 호기심 많은 엄마가 당연히 궁금해하실 만큼 오늘의 빅뉴스였다. 그런데 보청기를 빼고 계셔서 들리지 않으니 설명을 하기도 어렵고 그렇다고 칠판에 쓰기도 좀 그렇다. 뭐라고 요약해야 할까? 마침 조주빈 신상이 공개됐다. 사이버 미성년자 성착취범? 너무나 멀쩡해서 할 말을 잃었다.

엄마는 귀가 잘 안 들려서 뉴스를 봐도 거의 자막을 보고 추측하는 듯한데 그래도 궁금한 건 못 참으신다. 미술관이나 전시 관람도 좋아하신다. 예술에 조예가 있는 것도 아닌데 전시 작품을 하나씩 보기를 좋아하신다.

외삼촌피셜, 엄마는 어릴 때부터 집안일은 제쳐두고 소설책을 끌어안고 사는 '문학소녀'였단다. 그래서 그런지 엄마는 무엇이든 읽는 걸 좋아하신다. 도서관에 가자면 "구십 노인이 눈도 안 보이는데 무슨 책을 읽어!" 하시다가도 막상 가면 정신없이 책에 빠지신다.

책뿐이 아니다 신문, 광고지 뭐든 가리지 않으신다. 얼마 전에는 신문에 낀 광고지를 열심히 들여다보고 계셨다. 뭘 그렇게 보시나 봤더니 신문배달원 모집 광고였다.

- 엄마, 알바 하시려고요?
- 응. 60세 이상도 환영하고 월 200만 원 이상도 가능하대. 오전 택배는 할 수 있으려나 해서.

이렇게 뭐라도 할 생각을 하시니 좋다. 21대 국회위원 선거 홍보물도 우리 집에서 엄마가 제일 먼저, 제일 열심히 공부하셨다. 어제 봤던 내용인데도 적어도 매일 한 시간씩은 홍보물을 한 장씩 보셨다. 그리고 누굴 찍을까 고민하셨다.

- 난 ××당, ○○당, 이름도 처음 들어 보는데! 이번 선거는 왜 이리 처음 보는 당이 많은지 도대체 뭐가 뭔지 모르겠다.
- 엄마, 모든 사람을 다 보자면 더 헷갈려요. 두세 사람만 뽑아서 열심히 읽고 그중 한 명을 뽑으면 되잖아요.

투표 후에 엄마께 누굴 뽑았는지 여쭤봤다. 엄마의 대답은 역시나 "몰라!"다. 진짜 누굴 뽑았는지 잊으셨을 수도 있다.

내가 언제 수술을 해?

– 내가 언제 수술을 했니?

– 어제 수술했어요.

– 그래? 난 기억이 안 나는데….

엄마네로 이사를 하고 추석을 쇠자마자 엄마는 백내장 수술을 받으셨다. 수술 다음 날 경과를 보기 위해 의사를 만났다. 엄마의 눈동자가 작아서 수술하기 어려웠지만 잘 되었다고 한다. 의사를 만나고 나오며 엄마가 물으셨다.

수술 다음 날부터 엄마는 나라면 안경 없이 읽지도 못하는 작은 글씨들을 맨 눈으로 읽으셨다. 엄마의 시력에 감탄하는 내게 "그것도 안 보이면 어찌 사니?" 하셨다. 그러나 수술은 기억하지 못하셨다.

엄마는 대화를 이어 갈 정도의 내용은 기억하신다. 그러나 경도인지장애로 엄마의 기억 중 가장 취약한 부분은 바로 몇 초나 몇 분 전에 일어난 일에 대한 기억 즉, 단기기억(혹은 작업기억)에 속하는 것들이다. 예를 들어, 방금 통장을 넣어 둔 장소, 5분 전에 약을 먹은 사실, 방금 전에 들은 지시 사항이나 날짜들을 기억하지 못하신다.

따로 살면서도 가장 먼저 엄마의 기억에 문제가 생겼음을 눈치채게 된 계기도 엄마가 물건을 못 찾아서였다. 통장, 도장, 주민등록증, 신용카드, 은행에서 찾아 둔 현금, 이불, 티셔츠를 어디에 잘 챙겨 두고도 찾지 못하셨다.

일주일에 한두 번씩 엄마는 장롱 속 옛날 백을 다 끌어내서 뭔가를 열심히 찾으신다. 뭘 찾는지를 여쭤 보면 "내 통장(혹은 주민등록증) 못 봤니?" 하신다. 통장이나 주민등록증, 신용카드는 장소를 정해서 한 곳에 두시라고 작은 금고도 마련해 드렸다. 문제는 엄마가 자꾸 보관 장소를 옮기고 옮긴 장소를 잊어버리는 거다. 결국 몽땅 다 재발급을 받았다.

– 엄마, 오늘은 이 옷 갈아 입으세요.
– 이거 오늘 처음 입었는데?
– 엄마, 이거 사흘은 더 입었어요.
– 아니야, 비슷해서 네가 못 알아보는 거야. 이거 오늘 처음 입었어.

– 엄마, 내가 사진 찍어 놓았는데 보여드려요?

엄마와 함께 살기 시작한 이후 나는 매일 엄마의 일상을 사진으로 찍는다. 엄마와의 소중한 시간을 기록하는 의미로 시작했지만 뜻하지 않게 엄마의 주장에 대해 반증으로 사용되기도 한다.

엄마의 기억 때문에 요즘 가장 골칫거리는 차차의 사료 주기다. 엄마는 차차에게 사료를 직접 주시고도 설거지를 마치고 나오다 빈 그릇을 보면 또 사료를 주려고 하신다. 차차는 방금 저녁을 먹고도 처음 먹는 아이처럼 달려와서 또 먹는다. 덕분에 차차는 체중이 많이 불었다. 며칠 전에는 남편의 아이디어로 '차차 밥 먹었어요!'라고 적은 종이를 먹고 난 사료 그릇에 덮어 두었다. 그래도 문제는 해결되지 않았다. 엄마가 또 밥을 주셨다.

– 엄마, 차차 밥 먹었잖아요! 그래서 저렇게 덮어 뒀잖아요.
– 저건 아침 먹었다는 거 아니야?
– 아니에요. 엄마가 저녁을 주셨어요.
– 그건 어제 아니니?
– 아니에요. 오늘 저녁이에요.

정신을 바짝 차리지 않으면 나도 헷갈린다. 그래서 이번엔 차차가 저녁을 먹은 시간을 칠판에 써서 사료 그릇 뒤에 세워 두었다. 효과가 있기를 기대하면서.

이렇게 엄마는 오후가 되면 아침에 있었던 일은 기억하지 못한다. 사위와 함께 식사를 하고 상을 치우고 나면 사위가 밥을 먹었는지 기억을 못하는 식이다. 어떨 땐 당신이 저녁을 드셨는지도 잊어버린다. 나들이를 다녀와도, 미장원에 다녀와도 어딜 갔다 왔는지를 기억하지 못 하신다. 어떤 때는 기껏 멀리까지 드라이브를 갔다가 기분 좋게 놀고 돌아오면서 어디를 갔었는지 기억을 못 하시니 허탈하고 맥이 빠진다. 한 시간 전도 기억 못 하시는데 이 모든 것이 엄마가 아니라 나 자신을 위한 노력 같아서다. 그러나 어쩌랴! 그냥 그 순간 엄마가 즐거우셨으면 그만이다. 나머지는 열심히 찍어 둔 사진을 보면서 다시 기억을 소환한다.

- 엄마, 기억나세요? 우리 오늘 강화도 갔다왔잖아요. 천주교 한옥성당도 가고 멋있는 카페도 가고.
- 그래 사진 보니까 내가 이런 델 갔었지 생각이 난다. ㅎㅎ.

주전자는 기억 나!

엄마의 기억을 위해 난 열심히 사진을 찍어 보여드린다. 사진을 보면서 "그래 기억이 난다." 하실 때도 있고, "하나도 기억 안 나!" 하실 때도 있다. 사진과 같은 힌트의 도움으로 기억을 하는 방법을 재인recognition이라고 한다. 한편 아무런 힌트 없이 기억하는 것은 회상recall이라고 한다. 당연히 회상보다 재인이 쉽다.

엄마는 회상은 잘 안되지만 재인은 되는 것 같다. 2020년, 코로나 19로 몇 달 만에 어버이날에 동생들과 조카들이 모두 모였다. 엄마는 오매불망 보고 싶던 아들, 손자, 손녀들과 함께 식사한 뒤 산책하고 들어오셨다. 동생들이 돌아간 뒤 저녁 식사 때 엄마가 물으셨다.

- 내가 오늘 어딜 갔다 왔니?
- 엄마, 오늘 어디 안 가셨는데…, ㅇㄱ이네랑 산책 갔다 왔잖아요. 우리 모두 같이.
- 그래? 오늘 ㅇㄱ이네가 왔었니?
- 네, 엄마. 오늘 낮에 와서 같이 점심 먹고 산책 나갔다가 왔어요.
- 그래? 난 아무 생각이 안 난다.
- 그렇게 오랫만에 동생들이 왔는데도?

엄마가 기억이 안 난다고 하셔서 사진을 보여드렸더니 "저 주전자는 생각이 나는구나." 하신다. 그냥은 기억할 수 없지만 사진을 보면 동생이 커피 물을 내리던, 알라딘의 램프처럼 생긴 주전자는 기억해 내신다.

왜 사진을 보면 기억이 날까? 기억의 과정과 관계가 있다. 기억을 위해서는 우선 기억 속으로 정보를 입력하기(부호화), 짧은 시간 동안 정보를 유지하기(저장 혹은 유지), 그리고 필요시 이 정보를 끄집어내기(인출)의 과정을 거쳐야 한다. 정상적인 노화에서는 이 과정들이 서로 다른 영향을 받는다. 저장 과정에는 나이가 거의 영향을 주지 않는다. 나이와 무관하게 시간이 지나면 정보를 기억하기 어렵다. 부호화 과정에는 조금 영향을 준다. 흔히 기억이 사진처럼 봤던 것을 모두 입력한다고 생각하지만 그렇지 않다. 아주 짧은 시간에 주의를 기울인 것만 입력(부호화)되어 저장으로 넘어간다. 그러니까 나이들수록 새로운 정보를 입력하기가 조금씩 더 어려워진다.

나이들면서 가장 큰 영향을 받는 게 인출 과정이다. 예를 들어 어제 친구들과 이야기하다가 유명한 K-pop 보이그룹 이름이 생각 안 났다. 멤버들 얼굴도 생각나고, 이들이 나왔던 뮤직 비디오와 심지어 광고도 생각나는데 이름만 생각이 안 났다. 이름은 못 대고 줄줄이 설명만 하자 한 친구가 "BTS! 방탄소년단?"이라고 했다. 맞다. 어떻게 요즘 가장 핫한 이 이름을 잊는단 말인가? 그런데 그렇게 되었다. 요즘 친구들을 만나면 혼자서 문장 하나를 완성하기 힘들다는 자조적인 넋두리를 한다. 주로 주어와 목적어에 해당하는 명사, 즉 이름이 생각나지 않아서 다른 친구들(또는 스마트폰)의 도움이 필요하다. 이렇게 정보를 끄집어내는 과정이 인출인데 나이들면 갈수록 인출이 어려워진다. 그런데 경도인지장애에서는 부호화–저장–인출의 세 과정 모두에서 저하가 생긴다. 그런 의미에서 정상적인 노화와는 다르다. 엄마는 한 시간 전, 아니 5분 전의 일도 잊어버리시는데, 반드시 다 잊는 것도 아니다.

– 이상하다, 내가 카레를 다 썼나?
– 뭐가?

– 아니, 내가 어제 카레 가루를 남긴 줄 알았는데 다 썼나 봐요. 어휴, 냄비에 감자랑 양파 다 익혀 놨는데…. 지금이라도 카레를 사 와야 할까 봐요.

– 아니, 다 안 썼다. (엄마가 싱크대 서랍에서 카레 가루를 꺼내셨다.)

– 어머, 엄마! 내가 다 쓴 게 아니었죠? 엄마가 치우셨네. 근데 우리 엄마가 어떻게 기억하셨대?

최근에 가평으로 나들이 갔을 때 엄마가 잣을 사자고 하셔서 사왔다. 엄마가 잣을 부엌 서랍장에 넣으시는 것을 보면서, 냉동실에 보관해야 하는 거 아닌가 생각했었다. 다음 날 잣을 쓰려고 서랍장을 여니 없었다. 여기저기를 찾아보다 포기하고 엄마께 여쭤보았다. 그런데 엄마가 냉장고를 열고 잣을 꺼내시는 게 아닌가. 엄마가 잣을 넣은 곳을 기억하시다니 어떻게 된 일인지 알 수가 없다. (내 기억이 문제인가?) 엄마는 방금 같이 식사를 한 사람을 기억 못하다가도 또 이렇게 내가 못 찾는 걸 기억해서 우릴 깜짝깜짝 놀라게 하신다.

내가 뭘 하려고 했더라?

– 어머, 어제 엄마 치과 가셔야 했는데 내가 잊어버렸어요! 어떡해!

– 괜찮다. 나도 기억 못 했는데 뭘.

냉장고를 열고 내가 뭘 찾고 있었는지 잊어버리거나 저녁 먹고 약 먹어야지 생각했는데 정작 식사 후에는 까먹는다. 친구들과 약속해서 11시에는 나가야지 했다가도 시간이 다 되도록 앉아 있다가 임박해서 혹은 지나서 허둥대기도 한다. 엄마 이야기가 아니고 내 이야기다. 몇 초, 몇 분, 혹은 몇 시간이나 며칠 뒤의 미래에 뭘 하겠다고 마음먹은 것(의도)을 기억하는 것을 미래기억 prospective memory 이라고 한다.

여러 연구에 따르면 모든 일상의 기억 중 50~80%는 미래기억과 관련된다.[10] 아침에 일어나서 오늘은 무엇 무엇을 해야지 생각하고(의도) 그것을 실행하면서 하루하루를 보내는 데 미래기억은 매우 중요한 기능을 한다. 예를 들어, 식후에 약을 먹는 것은 물론 오늘은 치과에 전화해서 예약을 잡고, 약국에 약을 주문하고, 친구를 만나고, 집에 오면서 마트에 들려서 달걀을 꼭 사와야지 하고 생각한다. 이것들을 하나하나 기억하는 것이 미래기억이다.

오후에 치과 가기, 간단해 보여도 이를 위해서 다양한 인지 작업이 필요하다. 우선 치과에 가겠다는 의도를 가져야 한다. 오후 3시에 예약을 한다. 치과의 위치를 고려해서 3시 진료를 위해서는 2시 30분에는 출발을 해야 함을 기억한다. 그 시간이 될 때까지 그 의도를 기억해야 한다. 마침내 2시 30분이 되면 출발을 해야 한다.

젊을 때는 상상도 못했지만 이렇게 간단한 일들이 나이 들면서 점점 더 어렵게만 느껴지는데 색다른 연구 결과도 있다. 실험실 상황에서는 젊은 사람들의 미래기억이 더 좋지만, 일상에서는 나이 든 사람이나 젊은 사람이 비슷하거나 나이 든 사람들의 미래기억이 더 낫다는 일명 '나이-미래기억 패러독스[11]'라는 결과다. 일상생활의 규칙적인 일과가 미래기억을 돕는지도 모르겠다. 이 분야의 연구도 아직 초기 단계라 모르는 것이 너무 많다.

정상인들도 미래기억에 자주 실패하지만 경도인지장애

환자나 치매 환자는 더 심하다. 한 번은 외출 준비를 하고 막 나가려는 엄마를 내가 붙잡고 물었다.

– 엄마, 어디 가세요?
– 은행에.
– 은행에 왜요?
– 그거 그게 뭐더라? 내가 뭘 내려고 했는데…, 뭘 내려고 했지?

정확한 돈의 액수까지 챙겨서 은행에 세금을 내러 가려던 엄마는 나가기 바로 직전에 뭘 하러 가려는지를 잊어버리셨다. 또 한 번은 코로나 19 발생 초기에 엄마께 대구에 계신 이모랑 엄마 친구 분들께 안부 톡을 돌리시도록 했다. 엄마는 단톡방을 열어서 한참 쳐다보시더니 "내가 뭘 하려고 했지?" 하셨다.

실제로 엄마의 일상에서 약 복용, 병원 예약, 각종 고지서나 행사 관련 처리 등 미래기억이 필요한 부분은 내가 담당하고 있다. 문제는 나도 나를 믿을 수가 없다는 것이다. 그래서 스마트폰 알람이나 노트 앱, 캘린더 등 온갖 종류의 보조기구에 의지한다(Box 2). 어떤 경우엔 스마트폰이 알려줘서 1시간 전에 기억하고 있던 것을 정작 직전에 잊어버리기도 한다. 알람도 1시간 전이 아니라 충분히 준비는 할 수 있지만 너무 멀지도 않은 시간에 맞춰 두어야 한다.

Box 2

미래기억을 유지하는 방법

앞으로 내가 할 일을 기억하는 것이 미래기억이다. 미래 기억을 유지하는 방법으로 캐나다 토론토대학교 팀이 개 발한 의도실행implementation intentions이라는 기억 보충 방법 이 있다.[12] 이 방법은 3단계의 S로 이루어진다. Stop(멈추고)- See(보고)-Say(말하라)!

Stop 내가 앞으로 해야겠다고 생각하는 일에 온전한 주의를 기울인다. 예를 들어, "집에 돌아올 때 달걀을 사 와야지!"라고 집중해서 생각한다.

See 의도한 일을 실행하기 위해 필요한 모든 단계를 마음속에 그려 본다. 예를 들어, 집에 올 때 지하철에서 내려서 계단을 올라와서 1번 출구로 나와서 길을 건너 마트에 간다. 마트에 들어가서 제일 안쪽 냉장 파트에 가서 달걀을 집어 든다. 카트에 넣는다. 계산을 하고 바구니에 넣어서 들고 온다. 이 모든 과정을 생생하게 그려 본다.

Say "집에 오는 길에 마트에 들려서 달걀을 사 올 거야."라고 크게 말한다.

이 방법을 쓰면 미래에 해야 할 일을 2배 더 기억한다는 연구 결과도 있다. 또한 미래에 실행할 일뿐 아니라 이미 실행한 일을 기억하는 데에도 효과적으로 사용할 수 있 다. 예를 들어, 신용카드를 사용하고 제자리를 정해서 놓 아두는 것이 가장 좋지만 곧 다시 사용할 것을 생각하고 식탁 위에 놓아두었을 때에도 이 방법을 사용할 수 있다. 먼저 신용카드를 식탁 위에 놓은 장면을 시각적으로 그려 보고 그 다음에 "신용카드는 식탁 위에 있다."라고 말한다.

박원순 시장 죽었잖아!

"박원순 시장 죽었잖아!"

뉴스에서 박원순 시장에 대한 이야기가 나오자 엄마가 한마디 하신다. 엄마는 반년도 더 전에 박원순 시장이 죽은 것은 기억하면서(뉴스에서 언급했을 수도 있겠다.) 바로 전 날 그렇게도 보고 싶던 아들네에 다녀오신 것은 잊으셨다. 어떻게 그럴 수가 있을까?

기억에는 여러 종류가 있다. 그리고 모든 기억이 노화에 의해 저하되는 것은 아니다. 의미기억semantic memory은 일반적인 사실과 정보로 가득 찬 사전, 네이버 지식백과, 위키피디아와 비슷하다. 8월 15일은 광복절, 2×3=6, 대한민국의 수도는 서울과 같은 지식과 사실들이 의미기억의 내용인데 장기기억에 저장되어 있다. 우리가 TV 뉴스를 이해하려면 이 의미기억이 필요하다. 바이든의 사진을 보며 저 사람이 바이든이고 미국의 대통령임을 알고, 코로나가 뭔지를 이해하려면 모두 장기기억에 저장된 의미기억을 꺼내야 한다.

나이 들면서 확실히 나빠지는 것으로 알려진 기억은 일화기억episodic memory이다. 일화기억은 삽화기억이라고도 하는데 개인적인 의미가 있는 구체적인 기억이다. 일화기억은 개인적으로 경험한 사건, 특정한 장소와 시간과 관계된다. 예를 들어, 내가 오늘 아침에 먹은 음식, 내가 어제 갔던 곳 등은 일화기억에 속한다. 즉 엄마가 어제 아들네 집에 간 기억은 일화기억이다.

의미기억은 나이가 들어도 유지되거나 지식이 쌓이면서 더 나아지기도 한다. 반면에 일화기억은 나이들면서 지속적으로 조금씩 손상된다고 알려져 있다. 일화기억은 또한 뇌손상에도 매우 취약하다. 자연적인 노화나 병리적인 문제에 가장 취약한 기억이다. 특히 경도인지장애에서는 해마와 주변부의 신경학적 퇴행이 두드러지는데 해마는 일화기억의 연결망들이 모이는 중추와 같은 곳이다. 그 결과 경도인지장애에서는 일화기억의 손상이 더 심각하다.

박원순 시장에 대한 기억과 어제 아들 집에 다녀온 기억은 둘 다 장기기억이다. 그러나 전자는 의미기억, 아들 집에 다녀온 기억은 일화기억에 속한다. (게다가 박원순 시장 건은 적어 도 1~2주는 매일 뉴스에서 들으셨을 테니 더 많이 접하셨을 것이다.)

경도인지장애에서는 바로 어제 일어난 일이라도 일화기억을 잘 유지하지 못하니 그걸 먼저 잊어버린다. 그렇게 바라던 아들과의 만남을 이렇게 쉽게 잊어버리시다니 참으로 아쉽다. 일반적으로 알츠하이머병에서는 일화기억이 먼저 손상되고 다음에 의미기억과 주의력 결핍, 그리고 나중에 시공간과 청각 언어 단기기억의 결함이 진행되는 것으로 알려져 있다. 그래서 치매의 전 단계로 생각되는 경도인지장애의 진단 근거로 일화기억의 손상 여부를 주로 살핀다. 그러나 최근에는 경도인지장애에서도 의미기억 손상이 발생한다는 연구들도 발표되고 있다.[13]

그렇게 재미있는 날을 어떻게 잊어?

엄마는 5분 전의 일도 잊어버리시는데 그런 엄마가 잊지 않고 떠올리는 놀라운 기억들이 있다. 5년 전 쯤 아버지가 살아 계실 때 일이다. 엄마랑 평생학습관에 하모니카를 배우러 다녔다. 하루는 수업을 빼먹고 엄마랑 남대문 시장에 다녀왔다. 그런데 엄마가 이걸 열흘 뒤에도 기억하고 계셔서 깜짝 놀란 적이 있다.

- 엄마, 우리 수업 안 들어가고 그때 어디 갔었죠?
- 남대문!
- 엄마, 벌써 열흘 전 일인데 어떻게 기억을 하세요?
- 그렇게 재미있는 날을 어떻게 잊어버려?

버스를 타고 남대문 시장에 갔는데 엄마는 그게 몇 십 년 만이라고 애들처럼 좋아하셨다. 그러고는 열흘 뒤에도 기억하셨다. 오늘 아침 일도 잊어버리는 엄마가, 그것도 경도인지장애에서 취약하다는 일화기억을 이처럼 오래 간직하는 경우가 종종 있었다.

최근에는 엄마와 함께 '윤스테이'라는 예능 프로그램을 봤다. 구례의 전통 한옥에서 배우들이 음식을 만들고 숙소를 준비하면서 외국인 손님들을 맞는 이야기이다. 쌍산재라는 전통 한옥이 아주 예쁘게 나왔다.

– 엄마, 우리도 한옥에 가서 잔 적 있는데 기억나세요?
– 응.
– 엄마, 풍기에 엄마 다니던 초등학교에 간 것도 기억나요?
– 응.

진실 여부를 확인하는 질문은 더 이상 하지 않기로 했다. 정말 엄마가 기억을 하시는 것 같았다. 완주 아원고택에 간 것은 거의 1년 전이고, 엄마가 다니던 풍기초등학교를 70년 만에 방문한 것은 거의 2년 전의 일이다.

한 번은 이런 일도 있었다. 엄마가 동전지갑과 천 원짜리지폐 몇 장을 남편(엄마의 사위)에게 주라며 내게 건네셨다. 그게 뭔지 나는 알았지만 모른 척하며 엄마가 아시는지 여쭤 봤다.

– 이게 뭔데요?
– 그거 옛날에…, 고스톱 할 때 ㅅ서방이 내놓은 돈이야.
– 엄마, 그걸 어떻게 아직 기억하세요?
– 그걸 왜 잊어버려?

맞다. 신정에 엄마랑 남편이랑 고스톱을 칠 때의 판돈이다. 당시 집에 굴러다니던 동전이랑 남편이 갖고 있던 천 원짜리를 내어놓은 거였다. 그러고는 거실 장식장 한 귀퉁이에 놓아둔 채 모두 잊었다. 그러니까 엄마가 거의 두 달 전의 일을 기억하신 거다.

엄마가 기억하는 일이 또 있다. 성당 아카데미에 그렇게 가기 싫어하시다가도 막상 다녀오시면 기분이 좋다. 그 날 나온 다른 할머니들 이야기도 해 주신다. 엄마가 자주 말씀하시는 할머니 중에 94세 최고령 할머니가 있다. 이 할머니는 거동이 불편한데도 빠지지 않고 성당 아카데미에 나오신다. 식사 시간이면 할머니는 빨간 주방용 가위를 꺼내서 반찬을 잘게 자르며 천천히 식사를 하신다. 엄마는 그 할머니와 가위가 인상적이었는지 매번 그 할머니 이야기를 하신다.

경도인지장애 환자들은 장소와 시간에 대한 기억인 일화 기억이 취약하다. 게다가 엄마는 바로 전 날 아들과 산책한 일, 아들이 이사 간 새 집에 다녀온 것도 기억을 못하셨는데 어떻게 2년 전 여행과 한 시간 전에 만난 할머니들을 기억하실까?

엄마 말씀대로 '재미있는' 기억은 오래간다. 기억의 긍정성 효과positivity effect 때문이다.[14] 사람들, 특히 노인들은 과거에 일어났던 행복한 사건을 슬프거나 부정적인 사건에 비해 더 잘 기억한다. 여러 실험 연구에서 노인들에게 그림이나 단어를 보여주고 기억하게 했다. 그 중 1/3은 긍정적인 것, 1/3은 중립적인 것, 나머지 1/3은 부정적인 것이었다. 일정 시간이 지난 뒤에 기억 검사를 하면 나이든 노인일수록 중립적이거나 부정적인 그림보다 긍정적인 그림을 더 잘 기억했다.

기억의 긍정성 효과에 대한 여러 가지 설명이 있다. 그중 하나는 이렇다. 젊은이들은 미래를 대비해서 정보를 습득하는 것이 목적이다. 반면 여생이 그리 오래 남지 않은 노인들은 정서적인 안정과 만족을 얻는 것이 목적이기 때문이라는 것이다. 그래서 노인들은 정서적인 만족을 주는 긍정적 자극에 더 주의를 집중하고 더 잘 기억하게 된다는 것이다.

그러고 보면 엄마의 기억들 중에서도 오래가는 기억은 주로 즐겁거나 좋은 기억이다. 그래서 결국 인생은 아름다운가 보다.

엄마는 계획이 있었다

엄마의 주민등록증이 또 사라졌다. 며칠을 찾아도 찾을 수가 없다. 엄마는 "구십 노인이 이제 곧 죽을 텐데 뭐 하러 주민등록증을 다시 만들어?" 하시며 재발급을 안 하려 하셨다. 그러던 엄마가 미장원에서 머리를 하고 오시더니 주민 등록증을 재발급하러 주민센터에 가시겠단다.

- 갑자기 주민등록증이 왜 그리 급하게 필요한데요? 오늘 은행 갔다 와서 사진관 가려고 했는데, 내일 가요. 나 너무 지쳤어.

- 그랬니? 난 기억이 안 나서. 그래 내일 사진 찍고 모레 찾아서 동사무소 갈까?

- 엄마 맘대로 하루 만에 금방 사진이 안 나올 수도 있어요. 왜 그

렇게 급하게 주민등록증이 필요한데요?

- 그게 언제지?
- 뭐가 언제예요?
- 투표.
- 투표 때문에 주민등록증 빨리 만들려고 하시는 거예요?
- 응!

엄마는 투표하시려고 주민등록증이 급히 필요했던 거다. 삼십 분쯤 지나자 엄마가 또 나가려 하셨다. 이번엔 사진관에 가신단다. 내일 가자고 했는데… 하려다 그냥 따라나섰다. 엄마의 계획이 오늘 사진을 찍는 것이었나 보다. 그래서 미장원에 가셨고, 어젯밤에 염색도 하신 거다. 엄마는 좀처럼 뭘 하고 싶다고 하거나 계획하는 일이 없다. 그런 엄마가 마음먹고 계획을 하신 거라면 내가 다음날 가자고 아무리 설명을 드려도 기억을 못하실 것이 뻔했다. 결국 그날 사진관에 갔다.

이런 일도 있었다. 엄마가 동전을 바꾸러 은행에 간다고 나가셨다.

- 이 동전 바꿔서 맛있는 빵 사 먹자!
- 엄마, 그거 안 바꿔도 지금도 맛있는 빵 사 드실 수 있어요. 그거 저 주시면 제가 바꿀게요.

– 그럴까?

    그렇게 말씀하시고도 동전을 바꾸러 은행에 직접 가신다고 나서셨다. 동네 은행은 동전을 오전에만 교환해 준다고 말씀드리고 다음날 가시라고 했다. 그러고 며칠이 지나서 엄마가 나도 모르게 은행이 닫은 시간에 은행에 가셨다. 엄마가 나가셨는지 모르고 있다가 깜짝 놀라서 은행에 뛰어가 보니 은행 전화번호를 알고 싶어서 오셨단다. 은행에 전화를 걸어서 동전 교환 시간을 물어보려 하신 것이다. 그 다음날도 또 은행에 가시더니 동전 교환은 아침에만 되니 아침에 가져오라는 말을 듣고 오셨다. 그 다음날 드디어 영하의 날씨에 긴 패딩을 입고 마스크도 쓰고 단단히 무장을 하고선 동전과 통장을 들고 은행에 가셨다.

    나는 급한 대로 계속 짖어대는 차차를 안고 엄마가 은행에 제대로 가시는지를 확인하러 뒤따라갔다. 엄마는 유치원에 가는 어린아이처럼 여기저기 주변을 다 쳐다보며 여유 있게 걸으셨다. 난 뒤에서 따라가면서 혹시 어딜 가는지 잊으신 건 아닐까 잠시 걱정했다. 다행히 엄마는 확실히 은행으로 향하셨다.

    차차와 나는 은행 밖에서 안을 들여다보며 기다렸다. 엄마는 은행에서 안내원에게 동전을 보여 주고 뭐라고 말씀하시는 것 같았다. 그러고는 동전 세는 기계에 가져간 동전을 털어 넣으셨다. 한참 동전을 세더니 창구로 들고 가서 통장에 입금하셨다. 33,954원! 드디어 며칠에 걸쳐 끌어오던 숙제를 다 마친 엄마의 소감은 "다음부턴 동전 모으지 말아야겠다. 귀찮아!"였다. 5분 전 기억도 잊으시는 엄마가 이렇게 며칠에 걸쳐 계획을 하고 실행하신 일은 참 놀라웠다. 이는 기억보다는 계획하기와 같은 전두엽의 기능은 비교적 온전하기 때문인 듯하다.

누굴 닮아서 기억이 없니?

엄마의 일상적인 증상은 똑같은 질문 반복하기다. 방금 했던 질문을 또 되풀이하는데 질문을 했던 사실을 기억 못할 수도 있고 대답이 기억이 안 나서일 수도 있다. 엄마의 질문 레퍼토리는 대충 정해져 있다. 매번 똑같은 질문에 우리의 대답은 가지가지다. 그러나 공통점은 처음에는 구구절절 설명하다가 똑같은 질문이 반복될수록 대답이 짧아진다는 것이다.

– 쟤는 왜 아침을 안 먹니? (아침을 안 먹는 둘째 손자를 보며)

– 그러게요! (나의 대답)

– 쟤는 왜 결혼을 안 하니? (혼기가 꽉 찼다고 생각하는 큰손자를 보며)

- 할머니 저 결혼 했어요. 하하! (매번 같은 대답을 해야 하는 큰손자의 장난스러운 대답)

- 너희 전세는 언제까지니?

- ××××년 ○○월이요! (나의 곧이곧대로 대답)

　　엄마의 주민등록증 재발급 신청을 하러 갔을 때의 일이다. 내가 신청서를 대신 쓰다가 내 전화번호를 잘못 써서 다시 고쳐 썼다. 돌아오면서 그 이야기를 엄마께 했다.

- 내 전화번호도 틀려서 직원이 물어보고 나서야 고쳤어요.

- 누구 닮아서 그렇게 기억력이 없니? 넌 아빠 딸인가 보다.

- 아빠 기억력이 좋으셨지. 엄마가 기억력이 없잖아요. 엄마 핸드폰 전화번호 외워 보세요.

- 010-○○○○-××××

- 어 맞네. 엄마가 나보다 더 잘 외우시네. ㅎㅎ.

- 네 번호가 틀려서 주민등록증이 다 되면 어떻게 연락하니?

- 제대로 고쳐 놓았어요. 다 되면 내 번호로 연락해 준대요.

　　엄마는 전화번호를 틀리게 적었는데 주민등록증을 어떻게 찾느냐는 질문을 집에 올 때까지 세 번은 되풀이하셨다. 집에 와서도 갑자기 생각나신 듯 또 물어보신다.

- 엄마, 벌써 네 번째 물어보시는 거예요. 번호 고쳐 놓고 왔다니까요. 다 되면 연락해 준다고 했어요.
- 그래? 난 기억이 안 나.
- 나 엄마 닮은 거 맞네!

    엄마의 반복질문에 처음엔 대답을 잘 하다가도 세 번 네 번 되풀이 되면 슬슬 짜증이 난다. 게다가 엄마가 주무신다고 보청기를 빼고 계실 때는 더 문제다. 엄마가 날 불러서 하실 말씀을 하신 다음엔 보청기를 빼고 있으니 내 대답을 알아들으실 리가 없다. 그럴 땐 나도 대답을 하다가 화가 나서 엄마께 보청기를 갖다 드리거나 혹은 수첩이나 칠판에 대답을 적는다.

    돌이켜 생각해 보면 엄마와의 일상에서 가장 힘든 것 중하나가 반복질문이다. 게다가 내가 생각하고 싶지 않은 문제에 대해 되풀이해서 반복적으로 질문하거나 말씀하시면 정말 괴롭다(Box 3).

Box 3

반복질문에 대처하는 방법[15]

경도인지장애나 알츠하이머 환자가 질문을 반복하는 이유는 단기기억이 손상되어 들었던 답을 기억에 등록, 부호화, 유지, 인출할 수 없기 때문이다. 게다가 마음 쓰이는 주제라면 그것에 대해 질문했던 사실을 잊거나 대답을 잊어버려서 반복적으로 질문하게 된다. 똑같은 대답을 되풀이하는 것은 좋지 않으므로 환자의 주의를 돌려야 한다.

1 　환자에게 친숙한 주제로 대화를 전환한다

환자가 잘 알고 자신 있는 주제로 대화를 바꿔 본다. 옛날의 즐거웠던 이야기를 꺼내는 게 좋다. 예를 들어 젊었을 때 일하던 기억, 배우자를 만났을 때, 결혼 등에 대해 이야기를 시도한다. 단, 루이소체 치매나 알츠하이머 환자의 경우 피해망상이 있다면 옛날 질문에 대해 의심, 불안, 초조의 증상이 나타나거나 공격 행동이 나올 수도 있다.

2 　환자에게 도움이나 조언을 구한다

환자가 충분한 경험을 갖고 있어서 쉽게 도와줄 수 있는 과제로 도움을 요청하거나, 쉽게 조언해 줄 수 있는 주제로 조언을 요청한다. 환자가 정신적 에너지를 과제에 쏟아 반복질문을 하지 않을 수 있고 도움이나 조언을 주면서 자존감이 높아질 수 있다. 예를 들어 채소 다듬기, 상차리기, 수건이나 옷 정리 등을 도와달라고 할 수 있다.

3 　환자가 좋아하는 여가활동을 함께 하자고 한다

환자가 즐겨보던 옛날 영화나 TV 드라마를 함께 보자고 청하는 것도 좋은 방법이다. 혹은 옛날 노래를 함께 불러 보는 것도 좋다. 다만 혼자 TV를 보라고 하거나 노래를 불러 보라고 하는 것보다는 같이 보거나 노래를 함께 듣거나 보호자가 노래를 함께 부르는 것이 좋다.

딸과 살다 죽으면 객사하는 거야

합가한 지 얼마 안 돼서의 일이다. 오랜만에 기분 좋게 엄마랑 손을 잡고 걷는데 엄마가 말을 꺼내셨다.

- ㅇㄱ(남동생) 네가 (이집으로) 들어오라고 안 해서 섭섭할 거야.
- 엄마! ㅇㄱ네가 못 들어온다고 우리가 들어와 주면 고맙겠다고 해서 우리가 들어온 거예요.
- 그래?

정작 섭섭한 사람은 남동생이 아니라 엄마 당신이었다. 남동생이 못 들어오니까 나를 들어오라고 했지만 엄마는 아들과 살지 못해서 섭섭하셨다. 그 이후로 지금까지도 아들과 살고 싶은 엄마의 마음이 시시때때로 불쑥불쑥 튀어나왔다.

합가 후 얼마 되지 않아서 나는 엄마의 계획을 알게 되었다. 엄마의 백내장 수술을 성공적으로 마치고 내가 정신을 차릴 즈음, 엄마는 결심한 듯 날 부르며 엄마의 큰외손주(즉 나의 큰아들)의 나이를 물으셨다. 엄마의 소원이 큰손자 장가보내는 것인 만큼 그 즈음에 엄마는 하루에도 열 번씩 아들의 나이를 물어보셨다. 그러고는 어김없이 "올해를 넘기지 말고 장가보내야지.", "내년엔 꼭 장가보내라."라는 말씀이 이어졌다.

- 서른다섯이요.
- 금년엔 장가보내야지. 너무 늦었다. 그 나이가 되도록 에미가 뭘 하고 있었니? 올해는 꼭 보내야 한다.
- 네.
- 대답은 잘 하는구나. 올해 ㅎㅈ이가 장가를 가야지. 나는 앞으로 1~2년 밖에 더 못 살 것 같다. 이제 이만큼 살았으면 가야지. ㅎㅈ이 장가보내고 너희는 나가고 ㅇㄱ네 들어오라고 해서 1년 같이 살다가 죽어야지. 죽을 땐 아들네서 죽어야지.

이것이 엄마의 빅픽쳐다! 큰손자라도 장가를 보내고 이후엔 아들과 살다가 돌아가시겠다는 큰 그림 속에서 우리랑 같이 살자고 하신 것이다. 그 기한이 1~2년인 것이다.

　그러나 엄마의 소원은 마음먹은 대로 쉽게 성취되지 않았다. 하루하루 날이 갈수록 엄마는 더 우울하고 불안해지셨다. 특히 생신이나 명절 때가 되면 '나이를 한 살 더 먹고 죽을 날이 가까워'지는데 아들이 아니라 딸과 같이 살고 있으니 더욱 우울하시다고 했다. 딸과 사는 것이 왜 우울할까?

- 이제 곧 죽을 텐데 딸네 집에서 죽으면 객사하는 거니까. 아들이랑 같이 살아야지.
- (헐~~~). 여기가 왜 딸네 집이에요? 엄마 집이지. 그럼 아빠도 객사하신 거예요?
- 아빠는 내가 있었잖아.

　어떤 때는 '아들과 살고 싶다'는 바람이 '아들이 들어오려 한다'로 왜곡되기도 했다.

- 너네 아파트 전세가 언제까지니?
  (집에서 나가라고 하셨던 말씀이 한동안 잠잠하더니 다시 시작되나 보다!)
- 내년까지요.
- 봐라! ㅇㄱ 네가 여기에 들어오려고 하는데….
- 엄마! 걔네 내년에 자기 집에 들어가야 돼요. 여기 들어올 수가 없어요.

– 그래? 걔가 이제 엄마 집에 들어가야 되는데… 하고 얘길해서.

　　– 엄마, 왜 걔네가 들어왔으면 좋겠어요?

　　– 내가 죽으려면 아무래도 아들이 편하지.

　　엄마의 생각은 돌아가신 뒤 장례까지도 이어졌는데 이 과정에서도 아들이 또 필요했다.

　　– 여기 좀 와서 앉아 봐라!

　　– 엄마, 그만해요! 엄마가 무슨 말씀 하실지 다 알아요. 나도 이제 그만 듣고 싶어!

　　– 내가 무슨 말을 하려는데?

　　– 우리 나가라는 말이잖아! 아들하고 산다고!

　　– 니네가 나 죽고 나면 화장火葬해서 아버지 옆에 합장해 줄래?

　　– 당연하지! 뭐 딴 데에 모실까 봐?(난 엄마의 말뜻을 잘 이해하지 못했다.)

　　– 너한테 폐 끼칠까 봐 그러지.

　　– 엄마, 나도 최선을 다하고 있는데 내 기분도 좀 생각해 보세요.

　　– 난 아무것도 생각 안 해!

　　엄마의 이러한 생각은 밤이고 낮이고 시도 때도 없이 불쑥불쑥 튀어나왔지만 한동안은 특히 밤에 심했다. 그리고 다음날 아침에는 또 다 잊어버리셨다. 알츠하이머나 다른 치매 환자들의 경우 해가 지고나면 혼란스럽고 불안, 걱정, 공격성이 증가하는 선다우닝sundowning이라는 증상이 있는데 엄마도 그랬다.

엄마가 환자인 걸 알지만 엄마가 되풀이하는 이런 말을 듣기란 내게도 큰 스트레스였다. 밤만 되면 엄마가 또 심각한 이야기를 꺼내실까봐 일부러 밤에 혼자서 산책을 나가거나 엄마를 슬슬 피하곤 했다. 그런데 나의 그런 스트레스를 한 방에 풀어준 사건(?)이 있었다. 모처럼 엄마와 옛날이야기를 나누다가 합가 전 엄마가 간병인과 살던 이야기를 하게 되었다.

– 아버지 돌아가시고 엄마가 1년간 간병인이랑 같이 사셨잖아요. 엄마 기억나요?
– 아니. 난 하나도 기억 안 나.
– 그래서 내가 들어왔잖아요. 간병인대신. 근데 이사 오자마자 엄마가 아들하고 산다고 나 나가라고 했잖아요. 기억나세요?
– 내가? 너 없으면 누가 밥해 준다고 널 나가라고 해?
– 어휴, 엄마! 밤마다 날 불러서 아들이랑 살겠다며 나가라고 해서 내가 얼마나 속상했는지 몰라.
– 그래, 내가 왜 널 나가라고 했니? 차차야 할머니는 아무것도 기억이 안 나! 차차밖에는.(엄마는 차차에게 구조 요청을 하셨다.)
– 엄마가 나보고 관리비도 내라고 했어요. 그래서 내가 간병인비 달라고 했잖아.

– 내가 너보고 관리비 내라고 했어? ㅎㅎ, 그거 다 녹음해 놔라!

– 엄마, 그래서 내가 다 적어 놨어요.

– 뭐, 적어 놨다구? 하하, 녹음해 놔야지!

엄마는 내가 들어오기 전에 함께 살던 간병인도 잊으셨다. 밤마다 나한테 나가라고 아들과 살겠다고 하시던 말씀도 다 잊으셨다. 그리고 내게 고맙다고 하셨다. 이게 내가 아는 원래 엄마의 모습이다. 밝고, 항상 고마워하고, 유머 있는 엄마.

엄마의 속마음은 아들과 사는 것일 게다. 오늘 밤에는 또 "너네 나가라!" 하실지라도 난 그동안 쌓였던 섭섭한 마음이 오늘 엄마의 말씀 한마디에 다 풀렸다.

추석이냐, 설이냐?

엄마도 명절 증후군을 앓는다. 평소엔 괜찮다가도 명절 즈음이 되면 반복질문과 초조반응, 혼동 증상이 나타나고 명절이 끝나면 우울해진다. 엄마와 합가 후 첫 번째 추석은 큰 변화가 있었다. 아버지가 돌아가신 후 첫 추석이어서 엄마도 큰집에 가지 않고 우리 집에서 추석 상을 차려야 했다. 이 말은 시댁에서는 전 담당, 설거지 담당이며 시키는 대로 하라는 것만 해오던 막내며느리인 내가, 이제 친정의 차례 준비를 직접 해야 한다는 뜻이었다.

남동생 네와는 음식을 간단히 준비하자고 사전에 뜻을 모았고 나는 전과 갈비찜을, 올케는 탕국과 나물을 해오기로 했다. '전은 부치면 되는 거고 엄마도 도와주실 테고 갈비

찜은 간단하니까 뭐 그리 힘들겠어?'라고 착각했다. 음식 생각만 했지 엄마의 마음을 케어하는 것을 잊었다. 엄마는 전을 준비하는 시작부터 궁금증투성이셨다.

– 큰집에는 언제 가냐?
– 큰집에는 안 가요. 큰집은 올해부터 추석에 미사를 드리기로 했대요.

– 우리 음식은 누가 만드냐? 에미는 언제 오냐? 여기 와서 음식 준비를 같이 하자고 해라.
– 음식은 나랑 올케가 할거예요. 올케는 집에서 만들어 오기로 이미 약속했어요.

엄마는 당신이 추석 준비를 하던 때랑 많은 것이 바뀐 것이 마냥 불만스러우신 눈치였다. 결국 남동생이 전화를 해서 집에서 준비하고 있고, 추석 당일에 오겠다고 허허 웃으며 말씀드리니 엄마는 아무 말씀도 못 하시고 알았다며 끊으셨다. 나도 똑같이 말씀드렸는데, 꼭 남동생 말을 들으셔야 하나 보다.

올해는 시댁과 친정, 두 집을 위한 전을 부쳐야 한다. 나름 양도 줄이고 간단히 한다고 하는데도 7시부터 시작해서 점심 식사를 피자로 때우고도 오후 늦게야 끝났다. 그때부터 갈비찜을 준비하는데 엄마가 밤과 대추를 찾으신다. 난 없으면 없는 대로 그냥 올리자고 했다. 그러자 엄마는 낯빛이 변하더니 화가 단단히 나셨다. 갑자기 백을 찾으시더니 밤과 대추를 사러 장에 간다며 혼자 나가셨다.

내가 하던 일을 마저 끝내고 다녀오겠다고 했는데도 엄마가 갑자기 나가시려고 해서, 나도 화가 부글부글 끓었다. '좀 기다려 주시지…' 하고 생각하는데 갑자기 엄마가 다시 들어오셨다. 지갑이 없다고 하신다. 어제 떡 사러 갈 때 엄마가 지갑을 들고 가셨는데 시장에서 지갑을 잃어버리셨나? 엄마는 이 서랍 저 서랍 지갑이 들어갈 수 없는 곳까지 뒤적이며 안절부절못하고 한참을 허둥대셨다. 할 수 없이 음식을 만들다 말고 엄마가 매고 계시던 백부터 열어 보았다. 지갑이 그 안에 그대로 있었다.

– 엄마, 도대체 뭘 찾고 계시는 거예요!

– (어리둥절하시며) 몰라!

– 엄마! 엄마 지갑 찾고 있었잖아요, 지갑 여기 있는데.

– 그래? 지갑 찾고 있었지. 지갑 거기 있니?

– 엄마, 내가 시장 갔다가 올게. 좀 기다려 보세요.

– (화난 목소리로) 왜? 내가 길을 못 찾을까 봐?

– 대목이라 너무 복잡해요. 엄마는 나오는 길도 못 찾을 거야. 나 이거만 끝내고 갈게요!

길도 못 찾을 거라는 내 말에 엄마는 무척 화가 나셨다. 그러나 오늘은 시장에 사람이 너무 많아서 엄마가 혼자 가시면 정말로 길을 잃을 것이 뻔했다. 할 수 없이 내가 하던 일을 중단하고 밤과 대추를 사러 나왔다. 집을 나오니 기분이 오히려 홀가분했다. 음식 만드는 것보다 엄마를 진정시키기가 더 힘들었다. 엄마는 하나를 생각하면 내 계획이나 내 설명을 참고 기다리실 수가 없어졌다. 감정과 행동의 조절(특히 전두엽의 억제)이 힘들어졌다. 이럴 땐 엄마가 떼를 부리는 아이처럼 느껴졌다. 나는 집안일을 하면서 동시에 마음대로 움직이는 목표를 쫓아다니는, 멀티잡을 수행해야 하는 실험 속 피험자가 된 기분이었다.

시장에 다녀오니 엄마가 미역국을 끓이고 계셨다.

– 웬 미역국이에요?
– (아직도 화난 얼굴로) 생일날 아침에 미역국도 안 끓여줘서 내가 끓였다.
– 무슨 생일?
– 오늘이 내 생일이잖아. 섣달그믐!
– 엄마! 오늘이 추석 전날이지 무슨 섣달그믐이에요?

엄마의 생신은 섣달그믐날이다. 설 바로 전날. 엄마는 너무 화가 나셔서 생각에 혼란이 생긴 것 같다.

내 생일 = 명절(설) 전 날

오늘 = 명절(추석) 전 날

고로, 오늘 = 내 생일

엄마가 이렇게 화가 난 적이 없었고 혼란스러운 적도 드물다. 어느덧 시어머니 나이가 된 우리들은 명절 스트레스 때문에 모든 것을 없애고 간소화하고 있는데, 돌아가신 아버지의 첫 추석을 정성스레 모시고 싶은 엄마에게는 이 모든 간소화가 도리어 명절 스트레스가 되고 말았다.

우울증 약 줄이기

합가한 지 일 년이 지난 2020년 가을에는 꾸준한 산책의 결과인지 엄마의 컨디션이 차츰 좋아지는 듯 보였다. 보통 늦여름에서 초가을에 노인들의 인지수행이 최고조에 도달한다는 연구 결과 (Box 4)도 있지만 이정도면 우울증 약 렉사프로 정[16]을 끊어도 될 듯싶었다.

정작 11월 초 신경정신과 정기검진 때는 의사와 상의를 못 하고 집에 와서야 우울증 약을 끊는 문제가 기억이 났다. 전화로 간호사와 상담 후 약을 줄여 보기로 했다. 그런데 막상 약을 어떻게 줄여야 할지 몰라 그냥 복용을 중단했다.

열흘이 지날 즈음 엄마에게 증상이 나타났다. 남동생에게 전화를 해서 집에 다녀가라고 하시고, 차차가 사료를 안 먹는다며 엄마 밥 남긴 것을 주시고, 낮에는 은행에 간다고 두 번이나 나가셨다. 안되겠어서 렉사프로를 반 알씩 복용하는 새 처방전을 병원에서 받아왔다. 간호사 말로는 약을 갑자기 끊으면 안 된단다. 인터넷에 검색해 보니 갑자기 단약을 하면 금단 증상이 있기 때문에 최소 1주일에서 2주에 걸쳐 감량하라고 되어 있다. 벌써 10일째 완전히 끊었는데 이제부터라도 반 알씩 드려야 하나? 너무 답답해서 엄마께 여쭤봤다.

– 엄마, 드시던 약을 끊었는데 그 약을 끊으면 금단 증상이 심각하대요. 어떤 사람은 토하기도 하고 팔다리가 엄청 무겁고 움직이기도 힘들고 그렇대요. 엄만 어때?
– 아무렇지도 않아. 팔다리가 무거우면 몸을 가볍게 하면 되겠네!

난 걱정이 태산인데 엄마는 다행히도 아무렇지도 않다고 하신다. 그런데 주로 밤에 증상이 나타났다. 엄마는 밤에 분주해지셨다. 주무시는 대신 방에서 뭔가 하는 일이 많아졌다. 이불장을 열어서 정리를 하거나 책꽂이를 거실로 들고 나오시기도 했다. 전화번호를 옮겨 적고 신문을 보거나 통장을 들여다보고 계시는 때도 있었다. 옛날 수첩들을 꺼내어 보고 스마트폰을 이리저리 만지며 저장된 동영상도 다시 보셨다. 그러다 보니 잠이 부족해졌다. 낮에는 자주 누우시거나 몇 시간마다 남동생에게 전화를 하셨다.

— 엄마, 걔 근무 시간인데 나중에 전화하세요. 뭐 급한 용무가 있
   어요?
— 궁금해서…, 안부를 묻는 거지.
— 엄마! 어제도 안부 전화하셨어요. 걔네 별 일 없어요.

   엄마는 나도 모르는 사이에 하루에도 몇 번씩 전화를 거
셨다. 방금 전화하신 걸 잊어버리시고 또 걸어서 똑같은 톤
으로 똑같은 말씀을 하시곤 끊고 또 몇 시간 후에 또 전화
를 하셨다. 덩달아 나도 바빠졌다. 다른 방에 앉아 있어도
엄마가 어디다 전화를 거시는지 신경을 쓰고 있어야 했다.
전화가 마음대로 안 될 땐 전화 거는 법을 또 알려드려야 한
다. 이 생각 저 생각에 그동안 했던 생각, 그동안 미처 못 했
던 생각까지 엄마의 고정 걱정 레퍼토리(손주 장가보내기, 아들네
랑 같이 살기, 은행 통장 정리, 관리비 걱정, 차차 밥 주기 등)가 다시 출현
했다.

   그래도 좋은 신호는 뭐든 생각하시는 거다. 우선 스마트
폰을 열심히 배우려 하신다. 이전엔 내가 가르쳐 드릴 땐 마
지못해 수동적으로 들으셨다면, 요즘은 나나 아이들을 일부
러 불러서 물어보신다. 궁금증과 의욕이 생기신 듯하다. 오
늘 아침에도 요양사 선생님에게 스마트폰 사용법을 배우며

말씀하셨다.

- 대학 졸업하면서 이제는 공부 더 안 해도 되는구나 했는데 이 나
  이에도 배울 게 많구나!
- 그럼요. 평생 공부할 게 있어요.

엄마가 밤마다 안 주무셔서 아는 약사에게 문의했더니
'반 알씩이라도 약을 드시게 하라'고 했다. 생각이 많고 못
주무시는 것은 엄마께도 좋지 않고 렉사프로 정이 그렇게
센 약은 아니라고 했다. 그래서 요즘은 반 알씩 드시고 있다.
아버지 때도 느낀 거지만 약을 쓰는 것에 따라 사람의 행동
과 생각이 너무나 쉽게 변한다. 약 한 알로 환시나 환청이 보
이기도 하고 없어지기도 하니 허무한 생각도 든다. 인간은
어떤 존재인지, 인간의 의지가 어디까지인지?

Box 4

치매나 경도인지장애 환자가
겨울이나 봄에 더 많다?

인지증에 날씨가 영향을 끼칠까? 노인들의 인지 수행이 계절에 따라 달라진다는 흥미로운 연구 결과가 있다.[17] 미국, 캐나다, 프랑스에서 3,000명이 넘는 노인들에게 각종 신경심리 검사, 척수에서 알츠하이머 관련 단백질 측정, 뇌의 유전자 표현 측정 등을 실시했다.

그 결과 치매 유무와 무관하게 겨울과 봄보다는 늦여름과 초가을에 사고와 집중력 점수가 더 높았다. 다른 계절에 비해 약 4.8년에 해당하는 만큼의 점수가 더 높았다. 노인들이 경도인지장애의 판정을 받는 비율도 겨울과 봄에 30%가량 더 높았다. 동시에 척수에서 알츠하이머 관련 단백질의 발견이나 뇌의 특정 유전자의 표현도 계절에 따라 변화가 있었다.

연구에 따르면 햇볕이 좋고 따뜻한 기후가 인지기능을 촉진시킬 수 있다고 한다. 또한 여름에는 운동을 할 기회가 더 많고 더 건강한 계절 음식을 먹을 수도 있다. 겨울에는 계절적으로 우울증의 가능성이 높아지기도 한다.

기후가 따뜻한 것이 살기에만 좋은 것이 아니라 인지기능에도 영향을 미칠 수 있다. 후속 연구들에서 그 원인이 명백히 밝혀진다면 알츠하이머와 경도인지장애의 치료 방법에도 영향을 줄 수 있을 것이다.

네가 해라, 설거지!

아버지가 돌아가시고 24시간 입주 간병인과 지내면서 엄마는 집안일을 손에서 모두 놓으셨다. 대신 대부분의 시간을 소파에 앉아 TV를 보거나 침대에 누워 지내셨다. 합가 후 내가 부엌일과 집안일을 도맡으니 엄마가 조금씩 거드셨다. 바로 내가 바라던 바다.

캐나다 연구팀의 연구 결과에 의하면 정상인지의 노인들이 요리나 청소, 쇼핑 등의 집안일을 하는 것이 뇌의 회백질 부피 증가와 관계있었다.[18] 특히 집안일을 많이 하는 노인들은 해마와 전두엽 피질의 부피가 증가했다. 연구자들은 뇌 건강을 위해서 다른 신체활동보다 위험 부담이 적고 일상에서 쉽게 할 수 있는 집안일을 노인들에게 적극 권장했다.

엄마는 부엌에 들어오면 내가 음식 만드는 것을 옆에서 보다가 눈치껏 설거지를 하신다. 부엌에 들어오는 것은 엄마에게 확실히 도움이 된다. 음식 만드는 것을 보면서 '얘가 뭘 만드나?' 추리를 하고 옛날에 엄마가 요리했던 기억도 되살리고 '다음엔 채소를 넣겠구나!' 예측도 하고 또 엄마의 방식과 비교도 하니 상당한 인지활동이 된다. 새로운 것을 배우기도 한다. 아직 전기밥솥의 취사 버튼을 제대로 눌렀는지 자신이 없어 하시지만 새로 들인 인덕션을 켜고 끄는 법을 배우셨다. 그러다가 자연스럽게 음식은 내가 만들고 설거지는 엄마가 하시는 걸로 분업화가 되었다.

엄마가 부엌일을 도와주시니 나도 편하고 엄마도 뭔가 일을 하셔서 좋았다. 난 별로 깔끔한 사람도 아니고 그렇다고 살림살이 스타일이 확고한 사람도 아니니 부엌일에 대한 전권을 주장할 생각도 전혀 없었다. 그런데 어느덧 엄마가 부엌일을 도와주시는 동안 나는 옆에 서서 폭풍 잔소리를 하고 있었다.

 – 엄마, 그 행주로 그릇 닦으면 안 돼요. 여기 닦던 걸로 그릇 안을
   닦으면 안 돼요.
 – 엄마, 세제로 닦아야 해요. 오늘은 기름기가 많아요.
 – 엄마, 오늘은 네 명이에요. 네 명 분만 놓으시면 돼요.
 – 엄마, 젓가락 말고 포크 놓으셔야 해요.

- 엄마, 반찬 다 꺼내놓지 않으셔도 돼요.
- 엄마, 이거 말고 다른 접시에 놔 주세요.
- 엄마, 여기 고춧가루 그대로 있어요.

자꾸 말씀드리지만 엄마는 할 때마다 잊으시고 난 또 잔소리를 하게 된다. 그럴 때마다 엄마는 "그래?" 하시면서 따라 주셨지만 한 번은 엄마가 "이제 설거지 니가 해라." 하시며 방으로 들어가셨다.

나도 엄마에게 잔소리를 해대는 내가 싫었다. 엄마는 기억을 못 하시니 계속 잔소리를 해도 소용이 없다. 나는 잔소리를 하면서 스트레스가 쌓였다. 그렇다고 부엌일을 그만두시게 하는 것은 좋은 방법이 아니었다. 해결책이 필요했다.

우선 행주대신 종이타월을 잘 보이는 데 놓고 세제도 잘 나오도록 갈고 나도 나름대로 생각을 바꾸려고 노력했다.

- 그릇에 세균이 좀 묻었다고 죽지 않아.
- 몰라서 그렇지 나가서 사 먹으면 저거보다 더한 경우도 있을 거야!
- 한강에서 더러운 물을 먹으며 수영하는 사람도 있는데 행주에 묻은 세균 정도는 아무것도 아니지!

그리고 엄마가 설거지를 하시는 동안 옆에서 얼쩡거리지

않는다. 엄마가 설거지하고 부엌정리를 하는 걸 단순히 부엌일이 아니라 뇌를 변화시키는 좋은 인지활동이며 작업치료라고 생각하기로 했다. 돈 주고 해야 하는 인지치료와 작업치료를 무료로, 엄마가 스스로 하시는데 그걸 막을 이유가 없다. 다만 치료가 끝나고 내가 다시 치우면 된다. 엄마가 일차 설거지를 끝내고 나가시면 그때부터 내가 다시 닦거나 씻거나 내 마음대로 한다.

인덕션 사고

엄마가 부엌에 들어오시면서 나는 시간을 얻었지만 예기치 못한 사고도 있었다. 하루는 저녁 운동을 마치고 집으로 향하는 길에 핸드폰을 보니 남편에게서 걸려온 부재중 전화가 있었다. 뭔가 불길한 예감이 스멀스멀 올라왔다.

- 집에 불날 뻔했어!
- 어쩌다가?
- 장모님이 설렁탕을 불 위에 올려놓고 잊어버리셨나 봐….

다행히 사태는 일단 종료(?)된 듯했다. 남편의 이야기를 종합하면 이렇다. 낮에 내가 친구들과 함께 설렁탕 맛집에 갔다가 설렁탕을 포장해 왔다. 저녁 때 나는 설렁탕을 데워서 엄마랑 저녁을 먼저 먹고 운동하러 나왔다.

내가 집에서 출발한 것이 6시 30분 정도였는데 남편이 6시 40분에 들어왔다. 남편은 설렁탕으로 저녁을 먹었다. 아직 손주들이 안 들어왔으니 그때부터 엄마가 설렁탕을 끓이기 시작하셨던 것 같다.

한 시간 뒤쯤 남편이 방에 있는데 이상한 소리가 들렸다. 방에서 나와 부엌으로 가 보니 화재경보기가 울리고 있고 연기가 자욱한데 그 속에서 엄마가 냄비를 열심히 닦고 계셨다. 미국에선 화재경보기가 한 번 울리면 아파트 전체가 떠나갈 듯 크게 울려서 아파트 주민들이 다 대피하고 난리가 난다. 그런데 우리 화재경보기는 다른 방에서도 잘 들리지 않을 정도였나 보다. (물론 남편은 컴퓨터 앞에 앉으면 집 안에서 무슨 일이 벌어지고 있는지 잘 모른다.) 그 정도의 소리라면 엄마도 못 들으셨을 것이다. 다행히 화재는 나지 않았고 전 주민이 대피하는 소동 없이 조용히 마무리되었다.

집에 와 보니 아파트 문 앞에서부터 탄 냄새가 났다. 엄마는 이미 주무셨다. 부엌엔 설렁탕은 온데간데없고 설렁탕을 끓이던 스테인리스 냄비만 개수대에 덩그러니 놓여 있었다. 엄마가 열심히 닦으셨는지 그을림 자국이 그리 심하진 않았다. 냄새가 더 빠지라고 인덕션 위의 팬을 틀고 부엌과 거실 창을 다 열었다. 팬의 거름망도 빼서 식초 물로 닦았다.

냄새 빼는 데 좋다는 양초를 켜고 문을 다 열고는 거실에서 떨며 앉아 있었다. 인덕션은 멀쩡했다.

검색해 보니 인덕션은 비교적 화재에 안전하지만 사용하는 사람들의 부주의로 매년 10건 이상의 화재가 발생한다는 뉴스가 있었다. 인덕션은 가스레인지와 달리 불꽃이 보이지 않아서 음식을 올려놓고 깜빡 잊어버리는 실수가 많다. 그리고 고양이가 인덕션에 올라가서 실수로 스위치를 켜고 화재로 이어지는 경우도 종종 있나 보다.

자려고 누워서 생각하니 화재가 안 나고 이 정도에서 끝나서 다행이었다. 그만하길 정말 감사했다. 앞으로 곰탕, 설렁탕처럼 계속 끓여야 하는 국이나 탕 종류는 우리 메뉴에서 빼야겠다. 전자레인지를 사용해서 데워 먹을 수 있는 종류로만 음식을 준비해야겠다고 생각했다.

밤새 탄 냄새가 진동했다. 아침에도 일어나서 창을 다 열고 팬을 틀었다. 엄마가 일어나서 창을 닫으려 하셨다. 엄마는 어제 일에 대해 아무런 내색이 없었다.

– 엄마, 집에서 냄새 안 나요?

– 아니.

– 엄마, 탄 냄새가 진동을 하는데….

– 그래?

– 엄마, 어제 무슨 일이 있었는지 기억나세요?

‒ 응. (부엌에 들어와 냄비를 보시며)

　엄마는 어제 일을 어렴풋이 기억하시는 듯한데 대수롭지 않다는 반응이다. 게다가 이 지독한 냄새를 못 맡으셨다. 그것도 다행중 하나다!

서열 0순위 차차

차차는 아버지의 삼우제날 우리 집에 들어온 반려견 미니 비숑이다. 유난히 아버지에게 의지하던 엄마가 혼자 지내실 것이 걱정되어 여동생이 입양했다. 차차의 이름도 엄마 이름의 중간자를 땄고 모든 것이 '차차 나아질 것'이라는 바람을 담았다.

차차는 우리의 기대대로 엄마의 가장 친한 벗, 아니 '막내딸'이 되었고 (덕분에 나는 차차랑 자매지간이다.) 엄마가 건강한 생활을 하시는 데 일등공신 역할을 했다. 차차가 없었다면 엄마는 지금처럼 꾸준히 산책하지 못했을 것이다.

문제는 차차를 두고 엄마와 내가 마치 아이를 놓고 육아 갈등을 겪는 엄마와 할머니의 신세 같다는 것이다. 예를 들면, 차차가 밥을 안 먹으면 이런 일이 벌어진다.

– 이거 먹으면 내일은 내 거 니 줄게! 아이고 예쁘지? 요것만 먹자···.
요것만 먹으면 엄마가 놀아 줄게! 어디 가노? 먹고 놀러 가!

엄마는 차차에게 밥을 떠먹이며 애원하신다. 듣고 있으면 은근 차차에게 샘도 난다. 반려견에게 재산을 물려주는 노인들이 이해가 가기도 한다. 반면 이럴 때 나는 차차의 사료 그릇을 치워 버린다. 차차를 기르며 반려견 기르기에 관심을 갖게 되었는데 그때 배운 것이 반려견들이 주인을 통제하는 상황이 되면 안 된다는 것이다. 결국 반려견들은 음식으로 통제되므로 차차가 달라는대로 아무 때나 사료를 충분히 주면 통제가 안 된다. 그래서 나는 차차의 사료 그릇을 치우고 엄마는 찾아서 채워 놓는 숨바꼭질을 되풀이한다.

엄마는 또 맛있는 고기나 생선 반찬이 있으면 차차 생각에 꼭 조금씩 남기신다. 옛날엔 강아지에게 사람이 먹던 음식을 먹였던 기억이 남아 있어서이다. 나는 되도록 사료 이외의 음식을 주지 말라고 한다.

– 엄마, 안 돼요. 차차 먹이면 안 된다고요.
– 왜? 차차 밥맛 없을 땐 이런 걸 먹으면 밥맛이 돌아온다고.
– 엄마, 차차는 자기 사료를 먹어야 오래 살아요. 이거 소금 간이

있어서 안 좋아요.

– 그런 게 어딨니? 우리 땐 강아지들한테 이런 거 먹여도 다 잘만 살더라.

어떤 날은 내가 식탁을 비운 사이에 식사를 하시던 엄마가 옆에서 대기 중이던 차차에게 고기전을 던져 주셨다. 그러고는 내 잔소리를 예상하셨다는 듯이 엄마는 전혀 당황하지 않고 시치미를 떼셨다.

– 엄마! 차차한테 그런 거 주면 안 돼요!
– 그냥 떨어진 거야!

차차를 두고 엄마와 내가 이렇게 생각이 다른 일이 자잘하게 많았지만 결정적으로 차차에게 가장 큰 훈육이 필요했던 일은 따로 있었다. 원래 엄마는 주무실 때 차차를 데리고 주무셨다. 그런데 차차가 안방에서 쫓겨나게 된 결정적인 계기가 있었다. 바로 엄마의 보청기 사건이다.

차차가 엄마의 침대를 통해 화장대까지 진출해서 엄마가 벗어 놓은 보청기를 씹어 놓았다. 그래서 한 달 동안 두 번이나 보청기 양쪽을 번갈아 가며 거의 새로 하다시피 수선을 해야 했는데, 차차는 두 달 만에 또 엄마의 보청기 한쪽을 씹어 놓았다. 엄마는 괜찮다시며 보청기를 고무줄로

칭칭 감아서 귀에 넣으려 했다. 엄마가 잘 못 들으시니 말하는 나는 너무 답답했다. 두 달 만에 세 번째로 보청기를 고치고 돌아오면서 엄마에게 비장하게 말씀드렸다.

- 엄마, 이제 차차를 거실에서 재워요. 같이 자면 안 되겠어요.
- (마지못해) 그래….
- 두 달 만에 또 몇십 만 원이 들어갔잖아요. 엄마 용돈보다 차차 때문에 들어가는 돈이 더 많아요.
- …그래, 그래도 쓸 돈은 써야지.
- (헐!!!)

엄마는 차차에게 무조건, 무한대의 사랑을 보내신다.

나에게 주는 휴가

온라인에서 알게 된 이웃들 중 치매 환자를 모시고 사는 분들이 있다. 이들은 처음 겪는 돌봄의 과정뿐 아니라 재정적 문제, 가족과의 갈등으로 상당한 스트레스를 안고 산다. 게다가 어느 정도 나이가 있는 경우엔 여기저기 몸도 고장나는데 정작 본인을 챙길 여유가 없다. 그래서 치매 환자의 돌봄 가족들을 '보이지 않는 제2의 환자'라고 한다. 이들은 오랜 돌봄으로 몸과 마음이 소진되고, 우울감과 만성 질병을 달고 산다. 심하면 자살과 간병 살인에까지도 이르게 된다.

나도 엄마와 함께 살기 시작하면서 이들만큼은 아니지만 스트레스가 있다. 그럴 때마다 나가서 걷거나 블로그에 글을 쓰며 마음을 가라앉힌다. 그럼에도 너무 답답하고 우울해서 터질 것 같은 순간들이 있다. 그래서 결심한 것이 '셀 프 휴가'다. 주로 서너 달에 한 번씩은 남편과 둘이서만 여행 을 다녀오기로 했다. 합가한 해 겨울에는 남편과 인도네시 아에 다녀왔다. 그 이후엔 코로나 19로 꼼짝을 못 했지만 여 행은 아니더라도 친구들과의 만남, 그리고 운동도 거르지 않 으려 한다. 물론 내가 자리를 비울 때마다 그 자리를 메꾸어 줄 사람들을 주선하는 것이 번거롭기도 하다. 또 나의 책임 을 주위에 미룬다는 미안함 때문에 마음이 편치 않다. 그러 나 나뿐 아니라 엄마를 위해서도 나의 휴가는 꼭 필요하다.

치매 환자의 돌봄 가족들에 관심을 갖고 연구들을 찾아 보니 미안하고 죄책감이 들어도 꼭 여가활동을 해야 할 이 유가 있었다. 특히 치매 부모를 돌보는 딸들에게 여가활동 이 꼭 필요하다는 연구 결과가 있다.[19] 여가활동은 돌봄의 우울감을 줄이는 데 효과적인 대처방법 중 하나다. 여가활 동의 횟수가 늘어나면 우울감이 줄어든다. 그런데 이러한 여 가활동을 방해하는 요인 중 하나가 죄책감이다. 보살핌을 받아야 하는 부모를 두고 여행을 가거나 운동을 하거나 하 는 것이 너무 미안하게 생각되는 것이다. 일반적으로 죄책감 이 클수록 여가활동이 줄어들게 되고 우울감이 더 커진다.

스페인에서 진행된 한 연구에서 치매 환자를 돌보는 돌 봄 가족들의 죄책감과 우울감, 여가활동의 빈도, 그리고 치매 환자의 문제행동을 측정했다. 결과를 보면 치매 환자의 문제행동을 가장 많이 보고한 사람은 딸이었다. 여가활동을 가장 많이 하는 사람은 환자의 남편이었다. 치매 환자의 배우자보다 자식들이 '돌봄의 임무를 잘 수행하지 못하는 것에 대한 죄책감'을 더 많이 보고했다. 자식 중에서도 딸들의 '치매 환자를 제대로 돌봐 드리지 못하고 있는 것에 대한 죄책감'이 가장 높았다. 환자의 아내와 딸들은 '다른 가족을 돌보지 못하는 것에 대한 죄책감'을 남편, 아들보다 더 느꼈다. 딸들은 '다른 사람들에 대해 부정적인 감정을 가진 것에 대한 죄책감'이 가장 높았다. 전반적으로 우울감이 가장 높은 것은 아내들이었다.

이 연구에서 특히 흥미로운 결과는 여가활동-죄책감-우울의 관계가 가족관계에 따라 달라진다는 것이다. 치매 환자를 돌보는 남편이나 아내, 아들보다 딸에게서 죄책감의 효과가 나타났다. 즉, 치매 환자를 돌보는 배우자나 아들의 경우, 여가활동이 많아지면 우울감이 떨어졌다. 특히 죄책감이 큰 딸들은 죄책감이 낮은 딸들에 비해 이러한 효과가 가장 극적으로 나타났다. 다시 말하면 돌봄에 대한 죄책감이 큰 딸들은 여가활동이 늘어날수록 우울감이 급속하게 떨어졌다.

연구자들은 이 결과가 부분적으로는 돌봄 책임에 대한 문화적 기대를 반영할 가능성이 있다고 언급했다. 즉, 남자

보다 여자에게 '돌봄'의 역할을 더 기대하게 되고 따라서 부모가 치매일 경우, 아들보다는 딸이 돌볼 것을 더 기대하게 된다. 그 결과로 딸들은 일, 가사, 육아 등에서 자신의 역할과 부모 돌봄의 역할 사이에서 더 큰 갈등을 느낄 수 있다는 것이다.

스페인 문화를 잘은 모르지만 우리처럼 가족의 가치를 중하게 여기고 성별에 의한 기대의 차이가 심하다고 알고 있다. 우리는 전통적으로는 '며느리'라는 '여자'가 아들을 대신해서 시부모 돌봄의 책임까지도 맡아 왔다. 한국 며느리들의 경우에는 또 어떤 결과가 나올지는 향후 연구 주제이다. 중요한 것은 치매 부모를 모시는 돌봄 가족들, 특히 딸들의 경우에는 억지로라도 여가활동을 늘려가는 것이 좋다는 것이다. 더구나 돌봄의 책임을 못하고 있다고 느낄수록 여가활동을 늘리는 것이 본인과 환자 모두를 위해서 좋다.

chapter 3

치매 예방을 위한
슬기로운 뇌 자극 생활

뇌 재활 처방전

엄마는 2011년에 경도인지장애·치매 검사를 받았다. 주치의는 MRI 사진을 보여 주며 엄마의 뇌가 수축되었다고 했다. 수축된 뇌를 복원시키는 뇌 영양제나 기적의 약 대신에 주치의가 처음부터 권한 건 30분 이상의 산책과 샐러드를 많이 먹는 식단, 그리고 '공부'였다. 외국어, 한자, 고사성어 공부를 권했다. 너무나도 상식적인 방법이라 실망스러웠지만 손을 놓고 가만히 있을 수도 없었다.

나는 인지발달을 전공했고 유아기의 뇌 발달의 특성에 대해서 수도 없이 강의를 했다. 뇌는 '사용하지 않으면 잃는다'use it or lose it. 뇌를 사용하지 않으면 있던 뉴런과 연결들도 잃게 된다. 반대로 뇌를 규칙적으로 사용하고 자극하면 뇌에서 새로운 뉴런들이 계속 생성되고 새로운 연결이 생기며 뇌 구조도 변화된다. 그러나 이건 어디까지나 어릴 때의 뇌에 대한 이야기다.

그런데 경도인지장애에 관한 논문들을 찾아 읽으면서 최근에서야 노화된 뇌에서도 새로운 뉴런이 생기고 새로운 연결이 생길 수 있다[20]는 것을 알게 되었다. 나이가 들면 뇌가 수축하지만 뇌를 자극하는 활동을 하게 되면 노년에도 여전히 새로운 뉴런이 생기기도 하고 뉴런 간 새로운 연결이 생긴다. 그 결과로 뇌의 인지예비력인 인지보유고cognitive reserve와 인지가소성cognitive plasticity이 커지고 인지저하나 치매의 가능성이 더 낮아진다(Box 5). 경도인지장애 환자들도 다양한 뇌 자극 활동을 통해서 정상으로 돌아가기도 하고 치매로의 진전을 늦추는 것이 가능하다. 다만 그 과정이 젊을 때에 비하면 매우 느리고 더 많은 시간을 요한다.

WHO(Box 6)나 의학 잡지인 랜싯Lancet 보고서(Box 7)를 자세히 읽고서야 약을 대신한 의사의 상식적인 권고가 상당히 객관적인 연구 결과들이 쌓인, 꼭 지켜야 하는 '지침'인 것을 이해했다. 치매와 경도인지장애를 비롯한 인지저하를 방지하기 위해서는 한 때 반짝 사용하는 비법이 아니라 평생토록 관리를 생활화해야 하는 이유가 있었다.

Box 5

인지보유고와 인지가소성

뇌 손상에도 불구하고 인지기능이 상대적으로 보존되는 경우도 있다. 1988년에 발표된 한 연구의 결과를 보면 137명의 노인들의 뇌를 사후 부검했더니 어떤 사람들의 뇌는 알츠하이머에 걸린 상태가 확실한데도 살아있는 동안 이들의 실제 행동에서는 증상이 거의 또는 전혀 드러나지 않았다.[21]

뇌와 행동이 일치하지 않은 것인데 여기서 인지보유고 혹은 뇌 보유고라는 말이 나왔다. 인지보유고의 개념은 마치 연료탱크에 연료를 가득 저장해 두었다가 에너지가 필요할 때 쓸 수 있는 것처럼 뇌가 위축되거나 손상되었더라도 인지보유고가 있으면 지속적으로 인지기능을 유지할 수 있다는 의미로 사용된다.

인지보유고가 높은 사람은 태어날 때부터 뇌가 더 크거나 뇌 세포들 간의 연결인 시냅스를 더 많이 가지고 태어날 수도 있고 이후 교육이나 직업 등의 경험에 의해 장기간 동안 인지보유고가 형성되기도 한다.

인지보유고가 장기간의 교육, 활동 등에 의해 준비되는 것이라면 인지가소성(신경가소성, 뇌가소성)은 단기간의 적극적이고 다양한 활동을 통해서 뇌의 기능을 개선하고 구조까지도 변화시킬 수 있다는 개념이다. 일반적으로 신체의 근육은 운동을 통해 강화하고 단련할 수 있다고 생각한다.

이와 마찬가지로 손상된 뇌신경도 강화와 단련이 가능할 뿐 아니라 최근의 뇌과학 연구들에 의하면 노년에도 이것이 가능하다. 즉 노화로 뇌가 '위축'되는 것은 자연스러운 현상이지만 동시에 뇌가 '성장'하는 것도 가능하다.[22]

뇌의 가소성 덕분에 뇌의 두께, 밀도, 부피가 증가할 수 있고 이러한 변화는 특히 기억을 담당하는 해마에서 뚜렷하다. 뇌의 가소성은 신경세포가 새로 생성되거나, 신경세포 간의 연결인 시냅스의 증가로 가능해지는데 감각이나 자극이 감소되면 가소성도 저하되고, 인지적 자원이 풍부한 환경에서는 반대로 가소성이 높아진다.

뇌의 가소성은 '인지적으로 풍요로운' 환경에서 높아진다. 인지적으로 풍요로운 환경은 어린 아이들의 뇌 발달을 위해 권장했던 것들과 그리 다르지 않다. 아이들에게 장난감을 제공하거나 여행으로 새로운 환경을 제공하거나 인지훈련을 하듯이 성인들에게도 뇌를 자극하는 풍요로운 자극과 환경과 훈련이 인지(뇌)가소성을 높여준다. 이상의 인지보유고와 인지가소성의 개념 덕분에 경도인지장애이든 치매이든 혹은 정상인들도 뇌를 성장시키려는 노력을 게을리해서는 안 된다.

Box 6

인지저하와 치매 대비를 위한 WHO 지침[23]

지금까지 알려진 바에 따르면 치매나 인지저하를 예방할 수 있는 방법은 별로 없다. 그러나 발생을 지연시키거나 병의 진전을 늦출 수 있는 방법들이 있다.

모든 사람들에게 권고하는 것은 적절한 운동이다. 주당 150분, 한번에 30분씩 주 5회, 혹은 50분씩 주 3회의 유산소운동은 인지저하·치매의 발생 시기와 진전을 늦출 수 있다.

운동보다는 덜 강력하지만 또 다른 권고는 식사다. 지금까지 알려진 바에 따르면 '지중해 식단'이 건강에 좋으며 건강에 좋은 음식이 뇌에도 좋다.

WHO 지침에 따르면 뇌를 많이 사용하는 것 또한 인지저하의 위험을 줄이는 데 중요하다. 많은 관찰연구 결과, 머리를 많이 사용하는 사람들이 인지저하의 위험이 더 낮다는 것이 밝혀졌다. 아직 어떤 훈련을 하면 인지저하를 막는다고 장담할 수는 없지만 지적인 활동을 많이 할 것을 권장한다. 다음은 강도에 따라 분류한 인지저하와 치매의 위험을 줄이기 위한 WHO의 지침 내용이다.

강 (모든 사람들에게 강력 권장)	중 (조건부 권장)	약 (권장하지만 아직 증거 불충분)
신체활동, 금연	영양 관리, 알코올 남용 금지, 인지 훈련, 체중 관리, 고혈압 관리, 당뇨 관리, 이상지질혈증 관리	사회활동, 우울증 관리, 청력 관리

Box 7

이것만 조심하면
치매 발생 위험을 40% 낮춘다 | 랜싯

치매의 발생 요인들 중에는 유전처럼 우리가 아무리 노력해도 수정이 불가능한 요인들이 있다. 랜싯 치매위원회의 보고서[24]에 따르면 적어도 알츠하이머 치매의 1/3은 수정 가능한 요인에 의해 발생한다. 즉, 생활방식이나 의학적인 요소들처럼 우리가 수정할 수 있는 위험 요인들을 조심하면 전 세계 치매 발생의 약 40%를 줄일 수 있다.

이 보고서는 9개의 수정 가능한 위험 요인들을 발표했는데 이들은 당뇨, 중년(45세~65세)의 고혈압, 중년의 비만, 신체적 비활동, 우울, 흡연, 그리고 낮은 교육 수준, 청력 상실과 사회적 고립이다. 2020년에는 여기에 공기오염, 뇌 손상, 과도한 음주를 추가했다. 이상 12개의 위험 요인들은 노년에만 조심해야 하는 것이 아니며 일생 동안 시기별로 적용된다. 랜싯 보고서에서 제시하는 생애 주기별 치매 위험 요인은 다음과 같다.

생의 초반 (45세 미만)	생의 중반 (45~65세 미만)	생의 후반 (65세 이상)
교육	청력 상실, 뇌 손상, 고혈압, 음주, 비만	흡연, 우울, 사회적 고립, 신체적 비활동, 당뇨, 비만

뇌 건강의 만병통치약, 운동

"만약 신체활동[25]이 약이라면, 이 약은 만병통치약이다."

수 베일리Sue Bailey 왕립매디컬칼리지아카데미 총장
chair of the Academy of Medical Royal Colleges

"운동은 뇌를 위해 할 수 있는 유일하고도 최고의 처치이다[26]."

토니 디어링Tony Dearing 《I want my mind back》의 저자

운동이 건강에 중요하다는 말은 수도 없이 들어왔기에 그래서 더 심각하게 생각하지 않았다. 그런데 2019 WHO의 치매 예방 가이드라인에서는 지금까지의 연구 결과들을 종합하여 다른 어떤 요인들보다 '운동'이 치매(또는 인지저하, 경도 인지장애)에 가장 확실한 영향을 준다고 발표했다. 운동은 경

도인지장애의 증상을 지연시키거나 심지어 개선할 수도 있는 가장 강력한 요인이기도 하다(Box 8, 9). 다행히 엄마는 10년 동안 근근이, 그러나 '꾸준히' 이런저런 운동을 하고 계셨다.

아쿠아로빅

2017년 엄마의 운동 부족을 고민하던 차에 내가 다니던 수영장에 70~80 대의 나이든 언니(?)들을 위한 아쿠아로빅 수업이 있다는 것을 알았다. 보청기 때문에 물에 얼굴을 넣을 수 없는 엄마에게 안성맞춤인 것 같았다. 아쿠아로빅 수업은 물에서 하는 운동이라 관절에도 무리가 없어서 좋았다. 게다가 당시 아버지가 편찮으셔서 집에만 계신 엄마가 일주일에 두 번이라도 공식적으로 바람을 쐴 수 있는 좋은 기회로 보였다.

당연히 싫다고 하시는 엄마를 설득하고 설득해서 아쿠아로빅 수업을 등록했다. 일본에 사는 동생이 수업 때 입으시라고 아쿠아로빅용 수영복도 보내왔다. 나는 이미 수영 강습을 받고 있었지만, 엄마와 함께 수업에도 들어갔다. 엄마는 샤워장에 들어서면서부터 보청기를 빼야 했기 때문에 그 때부터는 아무 말도 못 들었다. 내가 옆에서 듣고 다시 말하면 엄마가 입모양을 읽고 무슨 말인지 대충 짐작하시곤 했다.

엄마는 클래스에서 서너 번째로 나이가 많은 편에 속했

지만 처음인데도 수업은 제법 잘 따라 하셨다. 나도 처음엔 너무 지루했지만 슬슬 즐기게 됐다. 그러나 아쿠아로빅 수업은 두 달만에 그만뒀다. 엄마는 비용도 부담되고 아빠를 두고 나오는 게 너무 미안하다고 하셨다. 내가 보기엔 샤워장과 수영장에서 보청기를 빼고 다른 사람들과 소통을 할 수 없는 것이 한 몫 한 듯싶었다. 내가 옆에서 소통을 도와드렸지만 다른 분들은 이미 몇 년 동안 함께 운동한 사이라 서로 친했고 엄마는 들을 수가 없어서 사람들의 대화에 끼지 못 했다. 은근히 소외감을 느끼신 듯했다.

체조

여름 장마철이나 겨울에 너무 추울 때는 잠깐이라도 밖에 나가는 것이 힘들 때가 있다. 지금의 요양사가 오면서 실내에서 할 수 있는 운동을 함께 고민하다가 찾은 것이 체조였다. 블로그를 보니 2019년 11월부터 시작했으니 2년이 넘었고 아직도 하고 있다. 요양사 선생님과의 체조는 약 30분 정도 걸린다. 먼저 유튜브에서 국민체조 동영상을 보면서 우리가 초등학교에 다닐 때 들었던 그 우렁찬 구령에 맞춰서 국민체조를 한다. 약 5분 정도 걸린다. 몸 풀기로 딱 좋다.

두 번째는 세라밴드로 하는 스트레칭 동영상을 찾아서 따라한다. 10분 정도 걸린다. 엄마, 요양사, 내 것까지 밴드를 세 개를 구입했다. 얼마 하다가 하나는 찢어지고 나머지 두 개는 엄마가 어디에 치워 놓으셨는지 못 찾겠다. 얼마 전부터는 그냥 맨 손으로 따라한다.

마지막으로 노인복지관에서 하는 체력증진운동을 약 10분 정도 따라한다. 이것도 동영상으로 보고 따라 하는데 노래가 신나고 복지관에서 다른 사람들이 함께 하는 영상이어서 마치 여럿이 함께 운동 하는듯한 현장감을 준다.

체조 노래가 나오면 어릴 때부터 습관이 되어서 그런지 엄마는 거의 반자동적으로 일어나신다. 별로 거부감이 없어서 좋다. 엄마의 체조 동작은 '최소한의 노력'을 들이는 동작들이다. 효과가 얼마나 될까 싶지만 안 하는 것보다는 낫다고 생각한다. 처음엔 설렁설렁 하는 것 같아도 끝날 때쯤엔 창문을 열어야 될 정도로 땀이 날 때도 있다.

산책하기

돌이켜 생각해 볼 때 엄마의 뇌 건강을 위해 가장 중요하다고 생각되는 활동이다. 모든 전문가들이 뇌 건강을 위해 가장 강하게 추천하는 것이 유산소운동이고, 그 중에서도 산책하기 또는 걷기는 가장 간편하면서도 효과적인 유산소운동이다. 말을 할 수는 있지만 노래를 부르지는 못할 정도의 속도, 중간 강도로 걷는다.

엄마가 병원에 다니기 시작했을 때부터 제일 먼저 시작한 것이 산책이었다. 엄마는 워낙 움직이기 싫어하셔서 산책도 쉽지는 않았다. 그때는 아침에 일어나자마자 아침을 먹고 친정에 가서 엄마를 모시고 산책을 했다. 집에서 양재천 산책로를 따라 매일 약 3km 정도를 걸었다. 매일 비슷한 시간에 산책을 하니 자주 보게 되어 아는 척 하는 사람들이 생겼다.

– 딸이에요? 며느리예요?
– 딸이요.
– 딸이니까 이렇게 매일 모시고 산책을 하지! 복도 많으시네요.

엄마는 지나가는 아주머니들의 부러움을 온몸으로 느끼며 한 달 남짓 겨우겨우 산책을 다녔다. 3km를 걷고 오는데 두 세 번은 쉬면서 "어제도 걸었는데 오늘 왜 또 걸어야 하냐?", "난 걷기 싫다."는 말을 매번 반복하셨다. 내 운동도 안되는데 엄마는 매일 불평하시니 한 달인가 하고 난 손을 들었다. 나를 대신해서 엄마를 산책시켜줄 사람이 필요했다.

그 후 한동안 규칙적인 산책을 못하다가 아버지가 돌아가신 뒤에 다시 시작했다. 이번엔 엄마의 반려견 차차가 큰 역할을 떠맡았다. 엄마는 그렇게 산책가기 싫어하시다가도 차차를 산책시켜야 한다고 하면 할 수 없이 나가셨다.

– 엄마, 산책 가요!

– 싫어. 귀찮아! 난 안 갈래.

– 엄마, 잠깐만 갔다 와요. 차차도 산책해야 해요. 저 봐요. 벌써
산책 간다고 끙끙거리고 있잖아요.

– 차차 데리고 네가 갔다 와. 난 가기 싫어!

– 엄마, 차차 매일 산책 안 하면 스트레스 쌓여서 안 좋대요. 금방
갔다 와요.

이렇게 시작해서 2020년에는 7월 1일부터 12월 10일까
지 산책 100회를 블로그에 기록했다. 내겐 매일 해야 하는
숙제 같아서 산책을 하고 나면 하루의 일과가 반은 끝난 듯
했다. 중간 중간 50일 기념, 60일 기념 파티도 해가면서 100
회를 달성했는데도 엄마에게 산책은 여전히 귀찮은 일이다.
다만 설득 시간이 좀 짧아졌다. 다행히 아파트 주변에 산책
로가 아주 잘 정비되어 있어서 걷기에 좋다. 엄마의 산책 코
스는 유수지 운동장으로 내려가는 길인데 차차와 함께 걷기
에 번잡하지 않아서 좋다. 처음에는 이 코스도 몇 번씩 쉬면
서 걸으셨지만 이제는 쉬지 않고 걸으신다.

엄마가 워낙 산책을 싫어하시니 긍정적인 결과가 나올
수 있는 최소한의 운동과 운동량을 찾다보니 이 코스를 선
택하게 되었다. 일반적으로 인지기능을 유지하기 위해 필요
한 '규칙적인 운동'은 걷기나 자전거 타기 등의 유산소운동

아파트 주변에서 산책하는 엄마와 반려견 차차

과 가벼운 근력운동이다. 유산소운동은 일주일에 3회 이상, 1회 30분 이상 숨이 약간 차는 정도로 하는 것이 좋다(Box 10)고 하는데 이 코스가 딱 30분 걸린다.

꾸준히 산책을 하면서 엄마의 기분도 인지도 좋아지는 것이 느껴졌다. 흥미롭게도 최근의 한 연구도 비슷한 결과를 보고했다.[27] 이 연구에는 평균 나이 65세인 경도인지장애 노인들 160명이 참여했는데 이들은 주로 앉아 있는 생활에 익숙한 사람들이었고 고혈압과 같은 심혈관계 위험 요인을 가지고 있었다. 이 연구에서는 운동과 식이요법이 인지능력에 미치는 영향을 보고자 참여자들을 4집단으로 나누었다.

집단 1 | 운동 집단 **유산소운동만 했다.**

집단 2 | 식이요법 집단 **운동은 하지 않고 식이요법만 했다.**

집단 3 | 운동+식이요법 병행 집단 **유산소운동과 식이요법을 병행했다.**

집단 4 | 건강교육 집단 **건강에 관련된 전화를 받았다.**

식이요법 집단에는 고혈압 방지 식단을 제공했고, 운동 집단은 워밍업을 한 뒤에 걷기·조깅 또는 자전거 타기를 주 3회 45분씩 6개월간 실시했다. 연구의 결과를 보면 운동 집단이 비 운동 집단에 비해 사고 기술에서 높은 향상이 있었다. 운동과 식이요법을 병행한 집단은 실행 기능에서 가장 큰 점수의 향상이 있었다(47점). 실행 기능은 집중하고 자신의 행동을 조절하고 계획을 세우고 목표 지향적인 행동을 하는 인지능력이다. 그러나 아쉽게도 기억능력에서는 의미 있는 상승이 없었다. 기억능력에 향상이 없는 것이 아쉽지만 이 연구는 적어도 6개월간 주 3회의 걷기와 같은 저 강도의 운동을 통해서도 인지기능, 특히 실행 기능이 향상될 수 있음을 보여주었다.

젊을 때나 어릴 때의 신체활동이 나이가 들고난 뒤에도 인지 건강에 도움이 된다는 결과도 있다. 일생을 통해 운동을 더 많이 할수록 나이가 들어서 더 좋은 인지 수준을 유지할 가능성이 높다. 한편 운동을 시작하기에 늦은 나이란 없다. 예를 들어, 평생 동안 몸을 많이 움직이지 않고 주로 앉아서 지내고 신체 활동이 거의 없다가 나이가 들어서 운동을 시작한 노인들도 인지 건강에서 괄목할만한 향상을 경험한다. 결국 운동이 답이다.

계단 오르기

계단 오르기 역시 미세먼지가 심하거나 비가 오거나 날씨가 좋지 않을 때 실내에서 할 수 있는 좋은 운동이다. 산책을 나갈 수 없을 때 대안으로 우리는 주로 계단 오르기를 했다.

처음에는 일단 6층까지만 올라가자고 했다. 엄마는 산책

보다 흔쾌히 따라나서셨다. 우리가 2층이니까 6층까지는 얼마 되지 않는다. 한 층을 올라가시더니 "이거 만만치 않구나!"하셨다. 나는 산책을 못 나가서 안절부절인 차차를 안고 뒤따랐다. 엄마는 걸어서 올라가시고 슬개골이 걱정되는 차차는 안겨서 올라가는 호사를 누렸다. 6층까지만 가자고 했는데 어느새 7층!

– 10층까지 갔다가 엘리베이터 타고 내려가자!
– 엄마! ㅅㄱ이네(동생네) 12층인데 얼굴은 보고 갑시다.

 그래서 12층 동생네까지 올라갔다. 엄마는 층마다 "이 집은 참 예쁘게 해 뒀네!", "이 집은 쓰레기를 이렇게 쌓아 뒀구나!" 하면서 평을 하셨다. 우리 집이 아파트이다 보니 계단은 문만 열고 나가면 있고, 짧은 시간 안에 할 수 있어서 좋다. 그런데 이것도 상당한 결심이 필요하다. 어쩌다 한 번씩은 할 수 있는데 '꾸준히' 하기가 쉽지 않다. 특히 처음에 쉽다고 목표를 너무 높게 잡았더니 처음 몇 번을 하고 나서는 다시 하고 싶지 않았다. 처음엔 무리가 되지 않게 시작해서 꾸준히 하게 된 다음에 목표를 상향하는 것이 좋겠다.

뜨개질, 자수(소근육 운동)

2017년 가을, 아버지의 요양사분이 엄마에게 뜨개질을 권했다. 그 분 장모님이 뜨개질을 하시는데 좋은 것 같다며 실과 바늘도 구해다 주셨다. 추석을 앞두고 엄마는 우리에게 선물용 수세미 주문을 받으셨다. 그 해 추석 선물은 모두 엄마가 만든 수세미를 돌렸다. 문제는 엄마가 너무 뜨개질에 열중하는 것이었다. 한 자리에 앉으면 식사 시간을 제외하고는 계속 뜨개질을 하고 계셔서 그 이후로는 뜨개질 숙제를 드리지 않았다.

엄마가 뜬 수세미

언젠가는 가정 선생님인 조카에게서 수놓기 숙제를 받아 와서 또 며칠 동안 집중하셨다. 조카는 할머니 소일거리로 수놓기를 드렸는데 엄마는 숙제를 받으신 것 같았다.

– 난 이거 보기도 싫은데, ㅅㅇ이가 그 쪼그마한 것이 그래도 선생이라고 이런 걸 해야 한대. 그래서 내가 놀고 있으니까 대신 해주겠다고 했지.

엄마는 나랑 동생의 가정 숙제를 대신 해주시던 그 마음으로 손녀딸 숙제도 떠맡으셨나 보다. 한참 수를 놓으시던 엄마가 갑자기 조카 이름을 물으셨다.

– 걔 이름이 뭐지?
– 누구요?
– (수틀을 가리키며 그걸 준 조카 이름을 말하는 듯했다.) 얘 이름이 생각이 안 나.
– 엄마, ㄹㅈ이 동생이잖아요.
– 걔가? 그래서 그 집에 있었구나.
– 엄마, 갑자기 왜 그러세요? 무섭게!
– 아! ㅅㅇ이?
– 응. ㅅㅇ이잖아. 할머니를 제일 챙기는 손녀 딸!

엄마가 조카의 이름을 순간적으로 잊어버리셔서 난 당황했다. 그러나 나도 요즘은 얼굴은 기억나는데 이름을 까먹는 경우가 종종 있다. 갑자기 이름이 전혀 생각나지 않는다. 그러다가 시간이 지나면 기억이 난다. 엄마도 곧 스스로 이름을 기억해 내셨다. 이름이 저장된 시냅스가 이어졌다 끊어졌다 하나 보다. 이 연결을 강화해야 하는데 말이다. 엄마는 그때부터 틈만 나면 자수에 몰두하셨다. 내가 허리 아파진다고 말려도 계속 하셨다.

– 엄마, 그렇게 열심히 안 해도 돼요. 그러다가 또 목이랑 허리 아파져요.
– 이 정도 한다고 안 아파. 이거 하니까 옛날 중학교 때 생각나고 좋은데…. 옛날에 이런 숙제 있으면, 방과 후에 남아서 친구들하고 얘기하면서 마저 하고 했어. 재밌어.

엄마는 수를 놓다 보니 재미있다면서 산책도 미루셨다. 뜨개질처럼 수놓기도 엄마에겐 익숙한 활동이라 배우는 것이 어렵지 않고 옛날 생각도 나고 좋은 활동인 듯했다. 반면 똑같은 자세로 몇 시간씩 있어야 해서 허리와 목에 안 좋았다. 또 조카에게 전화를 걸어 줄기는 무슨 색으로 할까 확인도 해가며 계속 수를 놓으셨다. 사흘 동안 수를 다 놓으신 엄마는 꽃잎 부분이 허전하다고 자수 책을 들척여서 꽃잎 부분을 채우셨다. 금방 밥을 먹고도 "우리 밥 먹었니?"하시는 분인데 밤새 꽃잎 부분을 채워야겠다고 생각하고 기억하신 것이 너무 신기했다.

Box 8

신체활동은 인지저하나 치매를 지연하는 데 도움이 될까?

많은 관찰연구와 종단연구들의 결과는 일생 동안 신체활동을 해 온 사람들이 나이가 들어 인지저하의 위험이 더 낮다는 결과를 보고한다.[28] 특히 높은 강도의 신체활동이 인지적 효과가 가장 컸다.[29]

최근에는 규칙적인 신체활동이 정상인뿐 아니라 경도인지장애 환자[30]들의 인지 수행을 향상시킨다는 결과들도 보고되고 있다. 흥미롭게도 모든 종류의 인지 수행에서 같은 방법으로 효과가 있는 것은 아니다. 현재 대부분의 긍정적 연구들의 결과는 특히 집행 기능 또는 전두엽 기능, 그리고 예를 들어, 처리 속도 processing speed 처럼 속도와 관계되는 부분에서 긍정적인 효과가 나타났다. 대조적으로 기억과 같은 다른 인지 영역들에서의 결과는 훨씬 더 불일치하고 논쟁의 여지가 있다.[31]

이러한 연구들의 일반적인 결론은 다음과 같다.

- 신체활동을 정기적으로 할수록 인지저하와 치매의 위험이 낮아진다.
- 유산소운동과 근력운동을 병행하는 것이 인지 건강에 가장 효과적이다.
- 적어도 주 150분의 신체활동을 권장한다.
- 운동을 시작하기에 늦은 나이는 없으며 신체활동은 경도인지장애나 치매환자들에게도 도움이 된다.

Box 9

어떤 신체활동이
인지저하를 방지하는 데 효과적인가?

현재까지의 연구 결과는 유산소운동이 효과적이라고 한다.[32] 유산소운동[33]은 몸 안에 최대한 많은 산소를 공급시켜서 심장과 폐의 기능을 향상시키고 강한 혈관 조직을 갖게 하는 효과가 있다.

근육강화를 위해 무게를 사용하는 근력운동strength training 역시 인지에 도움이 된다는 최근 연구들도 있다. 2020년에 발표된 한 연구[34]에서 경도인지장애·치매 환자 28,205명이 참여한 27개의 연구를 종합한 결과를 보면, 경도인지장애 환자들에게 여러 신체활동을 혼합하여 실시했을 때 일반 인지에 작은 효과가 있었으며 근력운동은 일반 인지에 큰 효과가 있었다. 치매환자에게는 신체활동이 일반적인 인지를 향상시키는 데 효과가 있었다. 마지막으로 치매환자의 낙상과 신경정신적인 증상과 같은 비인지적 결과에도 도움이 되었다. 아마도 한 가지 운동보다는 유산소운동에 근력운동을 병행하는 것이 최고의 조합으로 생각된다. 균형이나 이완에 집중하는 요가 같은 운동의 효과에 대해서는 제한된 연구 결과들이 있다. 노인들의 낙상 방지와 균형을 위해 이러한 충격이 적은 운동들이 도움이 되지만 인지 건강에 어떠한 도움이 되는지에 대한 증거는 불충분하다.

Box 10

적절한 신체활동의 양은?

WHO는 각 연령대 별로 적절한 신체활동 지침서를 발표하고 있다. 각 나라들도 이를 기반으로 자국민에게 맞는 신체활동 지침서를 낸다. 우리나라도 한국인에게 적절한 신체활동 지침서가 있다. 2013년 보건복지부에서 발표했는데 WHO 지침과 거의 비슷하다.

WHO 지침

성인(18세~64세):
주간 단위로 중강도 유산소운동 150분 또는 고강도 유산소운동 75분 이상

노인(65세 이상):
성인과 동일하지만, 낙상 예방을 위해 주 3일 이상 균형 운동

보건복지부 지침(2013)

성인(18세~64세):
– 주간 단위로 중강도 유산소운동 150분 또는 고강도 유산소운동 75분 이상
– 한 번에 10분 이상 지속
– 근력운동은 주 2일 이상 신체 각 부위를 모두 포함해서 한 세트당 8~12회 반복 실시

노인(65세 이상):
성인과 동일하지만, 낙상 예방을 위해 주 3일 이상 태극권, 발끝으로 걷기, 뒤꿈치로 걷기, 앉았다 일어나기 등 평형성 운동 실시

뇌를 살리는 음식, 지중해 식단

엄마와 합가한 이후에 가장 신경을 쓴 것은 식사였다. 물론 삼시세끼를 모두 신경 쓰는 일은 쉽지 않지만 되도록 노력했다. 감사하게도 엄마는 내가 만든 음식들을 다 잘 드셨다. 남편이 맛이 이상하다고 안 먹는 음식도 엄마는 나랑 같이 싹싹 긁어서 드셨다.

나는 요리에 소질이 없다. 결혼할 때까지 요리할 수 있는 음식이 볶음밥밖에 없었다. 유학을 가서는 반찬 만드는 법을 몰라서 요리책을 보며 저녁마다 '요리'를 해 먹느라 고생했다. 되돌아 보건대 엄마도 그리 요리에 취미가 있는 분은 아니다. 기억나는 엄마의 요리는 주로 빵이나 꽈배기 같은 디저트 류와 햄버거스테이크 같은 음식이다. 엄마도 요리를 배운 적이 별로 없어서 급하게 요리책을 보고 하신 듯하다.

음식이 정말 중요하다고 생각하게 된 건 아버지가 편찮으신 뒤부터다. 아버지는 마지막 2년 동안 식사를 제대로 못 하셨다. 어느 날부터 잘 드시지 못했다. 당연히 체중이 줄고, 종일 누워 계신 날이 늘었다. 이렇게 돌아가시나 보다 생각한 적이 몇 번이나 있었다. 그러나 병원에서 코에 튜브를 삽입하여 영양을 공급하니 체중이 늘고 점차 정신도 맑아지셨다. 주위 노인들을 봐도 음식을 제대로 드시면 일단 안심이다. 그런데 무엇을 어떻게 먹어야 할까? 과학적인 증거들이 있는 식단을 찾아보았다.

지중해 식단

〈WHO 인지저하의 위험 감소를 위한 지침〉에서도 인지저하와 치매 예방을 위해 건강한 식사를 강조한다(Box 11). TV에서 치매 예방에 좋다고 광고하는 식품들의 대다수가 그 효과가 아직 검증되지 않았고, 음식의 치매 예방 효과에 대한 과학적인 증거의 신뢰도는 중간 정도다. 하지만 음식은 중요하다.

엄마를 돌보던 24시간 간병인을 내보내고 합가를 하게 된 결정적인 이유 중 하나도 식사였다. 고봉밥에 반찬을 잘 안 드시는 엄마의 식사를 보고 나만 몸에 좋다는 음식을 해 먹으며 마음이 편치 않았다. 가끔씩 반찬을 해다 드리기도 했지만 간병인이 준비하는 식사가 마음에 들지 않았다.

합가 후 치매 예방에 좋다는 식단을 찾다가 WHO 지침에서 추천하는 지중해 식단을 따르기로 했다. 버터 등 동물성 지방 대신 올리브유를 많이 먹고, 견과류와 식물성 지방을 주로 사용하고 식물성 식품은 충분히, 생선, 가금류, 유제품은 적당히, 와인은 소량씩 섭취하는 식사다. 심뇌혈관질환과 암의 위험률을 감소시키는 데 도움이 되는 것으로 알려져 있다. 최근에는 심뇌혈관에 좋은 식단이 치매 예방에도 좋은 식단이라며 치매와의 연관성도 보고되고 있다.

엄마는 당시에 당뇨와 고혈압이 조금씩 있었기 때문에 의사는 체중과 탄수화물의 섭취를 줄이라고 했다. 그래서 합가 후부터 식사에 몇 가지 변화를 주었다.

아침은 빵과 샐러드를 먹으니까 지중해식 식단을 적용하기가 비교적 쉬웠다. 그러나 면류를 많이 먹는 점심과 밥 중심의 저녁 식사에 지중해 식단을 적용하는 것이 쉽지 않았다. TV 프로그램에서 한국형 지중해 식단을 소개하면서 어떤 성분을 너무 줄이거나 극단적으로 많이 먹기보다는 탄수화물:지방:단백질 비율을 5:3:2로 유지하는 것이 좋다는 설명을 했다. 이외에 지중해 식단과 고혈압 환자의 DASH[35] 식단을 합친 MIND[36] 식단도 알츠하이머의 가능성을 낮추는 것으로 알려져 있다. 이 식단에서도 통곡물, 푸른잎채소, 그밖의 채소와 과일을 많이 먹고 붉은 고기, 튀김을 제한하도록 한다. 대체로 내 요리 실력으로는 지중해 식단이나 MIND 식단을 한국 음식에 적용할 줄 몰라서 아쉽다. 일반적으로 제철 나물과 과일을 많이 먹으려고 하고 단백질은 주로 생선으로 섭취하려고 신경 쓴다.

배달음식

영양소를 따지면서 건강 음식만 고집하다가 보면 먹는 즐거움을 잊을 때가 있다. 엄마는 TV를 보다가 맛있는 치킨 광고가 나오거나 맛집 소개 프로그램을 보면 맛있겠다고 하신다. 그런 맛집들은 찾아보면 너무 멀거나 너무 번잡해서 자주 가지 못하지만 치킨은 시켜먹기도 한다. 먹고 싶은 것을 먹는 것도 행복이니까…. 다행히 얼마 전 가정의학과 진료에서 엄마의 당뇨와 콜레스테롤 수치가 모두 정상이 되었다. 의사 선생님이 엄마한테 마음껏 드시라고 했다.

– 마음껏 드시고 산책 열심히 하세요.

– 마음껏 먹을 게 아니라, 빨리 가야지.

– 가긴 어딜 가세요? 누가 불러요?

– 부르지! 염라대왕이. 꿈속에서 불러. 빨리 오라고!

– ㅎㅎ건강하게 살다가 가셔야죠!

입이 까다로운 남편이 없을 때는 엄마랑 둘이서 인도 카레, 베트남 쌀국수처럼 집에서는 잘 안 먹는 음식을 배달시켜 먹는다. 남편과 애들이 있는 주말에는 피자나 자장면도 시킨다. 코로나 19가 한창이어서 식구들 모두 집콕을 하고 있을 때는 삼시세끼 준비하는 것도 힘들어서 배달 음식을 종종 시켰다. 외식을 할 때면 엄마는 한우도 생선회도 다 잘 드신다. 뭐든 잘 드시는 것이 엄마의 복이다.

Box 11

지중해 식단과 치매

WHO 지침[37]에 의하면 지중해 식단을 완벽하게 지키는 사람들에게는 경도인지장애와 치매의 위험이 줄어들었다. 정상인지의 참여자들 중에 지중해 식단을 완벽하게 준수하는 사람들은 일화기억과 전반적인 인지 상태가 더 좋다.

과일, 채소, 생선의 섭취가 일관되게 치매 위험의 감소와 관계되었다. 정상인의 경우에는 생선을 많이 먹을수록 기억력의 저하가 더 적었다. 치매·인지저하와 관계되는 다른 영양소나 음식으로는 견과류, 올리브유, 커피가 있다. WHO는 인지저하·치매의 위험을 감소시키기 위해 비타민 B, 비타민 E, 그리고 다불포화지방산(오메가 3, 오메가 6, polyunsaturated fatty acids)을 권장하지는 않았다.

나이 들어도 공부 또 공부!

2011년 종합병원에서 처음 검사 후 의사는 샐러드, 산책과 함께 '공부'를 추천했다. 이후 10년 동안 외국어 공부, 한자 공부, 치매 예방 워크북을 포함해서 미술, 자수, 뜨개질까지 다양한 방법을 시도해 봤다. 일주일에 몇 번씩 내가 엄마의 공부 선생님이 되어 억지로 끌고 간 공부도 있고 자수나 뜨개질처럼 엄마 혼자서 재미있게 하신 것도 있다. 몇 주 하다가 그만 둔 것도 있고 지금까지 꾸준히 해 오는 것들도 있다. 그중에는 과학적인 근거가 제법 쌓인 방법도 있고 아직 증거가 불충분한 방법들도 있다. 일반적으로 머리를 써야 하는 지적인 활동을 하라고 한다(Box 12). 일단 주치의의 추천을 따라 외국어부터 해 보기로 했다.

영어회화 공부

엄마에게 인지활동이 필요하다고 생각하고 제일 먼저 시작한 것이 영어 공부였다. 지금 생각하면 너무도 무리한 시도였지만, 당시는 나도 엄마도 10년은 더 젊었다.

뇌를 자극하는 가장 좋은 방법은 새로운 것을 '배우는' 일인데다가 실제로 이중언어를 말하는 사람들이 한 언어만 말하는 사람들보다 4.5~5년 정도 치매에 늦게 걸린다는 연구 결과[38]도 있다. 이중언어를 말하는 경우 뇌의 인지보유고가 늘어나게 되고 이것이 치매의 발생을 늦춘다는 것이다.

엄마는 어릴 때 일어를 배워서 일어는 까막눈인 나보다 낫다. 그래서 영어를 택했다. 엄마도 배우고 싶어 하셨다. 마침 집에 동생이 대학생 때 사용했던 《잉글리시 900》이라는 영어교재가 있어서 이것으로 시작했다.

이때는 엄마랑 살기 전이라 엄마는 주 3회라도 딸을 보는 기회로 즐거워하셨지만 배운 내용을 자꾸 잊어버리셔서 수업 진행이 힘들었다. 엄마는 학생 때 그렇게 배웠다고 주장하시고 나는 그 발음이 아니라며 투닥투닥 하다 보면 고작 두세 개 단어의 발음만 가르치다가 한 시간 수업이 끝났다. 결국 한 달도 못 하고 포기했다. 지금은 다시 하라고 해도 못할 듯싶다. 뭐든 꾸준히 해야 하는데 이렇게 '억지로' 하는 방법은 엄마나 나나 상당한 노력이 들고 꾸준히 하기가 힘들다.

Box 12

인지활동은 경도인지장애·치매를 예방할 수 있을까?

메이요 클리닉이 2,000명의 건강한 노인을 4년 동안 추적한 연구에서는 컴퓨터 사용, 공예 활동, 사회적 활동, 게임과 같이 지적으로 자극적인 활동들이 경도인지장애의 낮은 발생율과 관계되었으며 치매 위험 요인으로 알려진 APOE ε4유전자를 가진 경우에도 위의 활동을 자주 할수록 경도인지장애의 위험이 낮았다.[39] 5년 동안 추적한 연구에서는 인지를 자극하는 활동의 수와 시기가 나이들어서 생기는 기억 손상과 관계된다는 것이 밝혀졌다.[40] 노년(66세 이상)에 두 개 혹은 그 이상의 인지활동을 하는 경우 경도인지장애의 발생 위험이 낮았다. 노년에 두 가지 활동을 하면 위험이 28%, 세 가지 활동을 하면 45%, 4가지 활동은 56% 감소되는 것과 관계가 있었다. 이 연구에서는 흥미롭게도 노년에는 더 많은 활동을 할수록 위험이 상당히 감소했지만 중년(50~65세)에는 참여하는 인지활동의 수와 경도인지장애의 발생은 관계가 없었다.

　이러한 종류의 관찰 연구는 인지훈련이 낮은 치매 발병률의 원인이라는 것을 확인해 줄 수는 없다. 거꾸로 인지저하와 치매로 인해서 인지활동을 덜 할 수도 있기 때문이다. 하지만 분명한 것은 인지활동을 하기에 너무 늦은 나이란 없다는 것이다.

고사성어 & 한자 공부

주치의가 권하는 방법 중 하나였다. 한자 공부는 내가 특별히 관여하지 않았고 책만 사 드리고 스스로 하시게 했다. 아버지가 계실 때라 두 분이 함께 서점에 가서 고사 성어와 한자 책도 여러 권 사 오셨는데 모두 끝까지 하지는 못했다. 이것도 매일, 꾸준히, 누가 붙어서 같이 해야 될 것 같다.

치매 예방 워크북

워크북은 주치의가 추천한 일종의 지필 문제집이다. 초등학생용 학습지를 어르신 버전으로 개정한 것 같다고 할까. 지능검사나 치매 진단 검사 등에 들어가는 기본적인 인지 기능들을 연습하는 활동들과 건강 관련 내용들로 구성되어 있다.

다양한 숫자 열 속에서 동일한 숫자를 찾아 연결하거나(주의집중력), 숫자 계산을 하거나(계산력), ㅇㅅㅇ과 같은 초성을 보고 '원숭이'라는 단어를 알아내거나(언어), 스도쿠, 글자 퍼즐(언어), 배운 내용 기억하기(기억력) 등의 활동들로 구성되어 있다.

한 권이 12개의 프로그램으로 구성되어 있는데 8주 정도 하고 그만두었다. 엄마, 아빠가 힘들어 하셨지만 솔직히 가르치는 나도 너무 지루했다. 문제가 일상생활과는 동떨어지고 지능 검사지나 초등학생용 학습지와 비슷했다. 게다가 2013년이면 엄마의 기억이 지금보다는 훨씬 나았겠지만 그래도 기억을 못 하시면 좀 보여드리고 즐겁게 할 걸 그 땐 어린 아이 시험 공부시키듯이 했으니 더 재미가 없었던 것 같다.

예를 들면, 〈뇌졸중을 예방하는 10가지 방법〉 외우기가 있었다. 나도 10개를 기억하는 것은 힘들었을 텐데 엄마도 자꾸 보고 읽으려고 하셨다. 나는 엄마가 못 보시도록 책을 덮었다. 결국 10개 중 9개를 힌트를 받고 기억해 내셨지만 시험을 볼 것도 아닌데 왜 그랬는지 모르겠다. 의욕이 너무 앞섰던 것 같다.

워크북을 하면서도 뇌를 쓸 수는 있겠지만 생활에서 당장 효과가 나타나는 것은 아니어서 답답했다. 엄마는 당장 제시간에 약을 찾아서 복용하거나 약속을 기억하거나 하는 생활 속의 기억력 저하의 문제가 더 시급했다. 오히려 이 부분을 보충할 수 있는 의미 있는 활동이 더 필요하다는 생각이 들었다.

주치의의 권고로 병원에서 일대일로 실시하는 인지훈련에도 참여해 봤다. 주 1회, 전문 인력이 실시하는 훈련인데 이 역시 치매선별검사의 항목들을 비슷하게 훈련하는 내용이었다. 일대일 실시는 좋으나 비용 면에서 부담스러웠다. 엄마도 비용이 부담스러워서 안 하시겠다고 해서 더 이상 진행하지 않았다.

독서

치매 예방을 위해서 보건복지부와 중앙치매센터가 제시하는 3권, 즉, 세 가지 권장 사항 중 하나가 독서다(나머지 두 개는 운동과 식사). 옛날엔 몰랐는데 엄마와 함께 살면서 보니 엄마는 책을 잡으면 거의 빨려 들어갈 듯이 책에 집중하신다. 문제는 몇 시간씩 꼼짝도 하지 않고 계시니 운동이 부족해진다는 것이다. 게다가 다 읽었는데 기억이 하나도 안 난다며 읽은 책을 몇 번 씩 읽으실 때도 있다. 그래도 독서는 엄마가 좋아하시는 활동 중 하나라 가능하면 도서관에 함께 가서 책을 골라 오려고 한다.

스스로를 '눈도 안 보이는 구십 노인'이라고 하는 엄마는 한 번은 도서관에서 빌려온 책 중에서도 거의 600 페이지에 달할 만큼 두꺼운《감옥에 가기로 한 메르타 할머니》를 붙잡고 꼼짝도 않고 읽기 시작하셨다. 요양사가 온 시간과 식사 시간을 제외하고는 며칠 째 시간만 나면 책을 들고 계셨다. 내 생각엔 긴 이름의 등장인물들부터 서로 헷갈리지 않을까 싶었다. 책도 너무 두꺼워 내용이 잘 연결되지 않을 거 같았다. 슬쩍 100세가 되신 김형석 교수님의 책《백 년을 살아보니》를 보시라고 해 봤다. 엄마는 읽던 거마저 읽겠다고 하셨다. 그 책이 그렇게 재미있는지 여쭈어봤다.

－ 엄마, 그 책이 그렇게 재미있어요?

－ 그저 그래.

－ 어떤 얘기인데요?

－ 별로 재미있는 얘기는 아니야. 감옥 이야기야.

－ 누가 감옥에 갔는데요?

－ 주인공이.

－ 주인공이 누군데요?

－ (책 표지를 보시며) 메르타.

－ 그 사람이 왜 감옥에 갔는데요?

－ 일을 저질러서.

－ 무슨 일을 저질렀어요?

－ (프롤로그를 다시 보시며 읽으신다.) 79세 노부인이 은행을 털어서…, 나 내일까지 보면 다 볼 거니까 그다음에 네가 읽어 봐.

엄마는 책이 별로 재미없다고 하시면서도 한번 책을 들면 집중을 잘 하셔서 큰 소리로 불러도 잘 못 들으신다. 내용의 이해를 위해서는 엄마에게 흥미가 있는 책이 읽기도 쉽고 이해도 잘 될 것 같다. 독서를 이용한 경도인지장애·치매 환자의 치료 방법에 대한 연구는 거의 없다. 아마도 그만

큼 책읽기가 기억을 필요로 하는 고도의 인지활동이어서
일 듯하다.

어르신 이야기책 읽기

엄마와 따로 살 때도 엄마 집에 가보면 엄마는 항상 책이
나 신문을 읽고 계셨다. 읽을 때는 매우 집중하는데 읽은 데
를 읽고 또 읽고 계셨다. 어떤 책은 일주일 내내 읽고 계시
기도 했다. 때로는 짧은 단편 소설을 골라서 엄마랑 내가 한
페이지씩 소리 내어 읽었다. 엄마는 단편이라도 소설의 뒷부
분에 가면 앞의 내용을 잊어버리셨다. 그래서 계속해서 내
용을 요약해서 설명해드려야 했다. 나도 요즘은 글을 읽어
도 정리가 잘 안되는데 엄마의 수준에 맞는, 재미있고도 쉬
운 책을 찾다가 어르신 이야기책을 발견했다.

어르신 이야기책들은 대부분 그림으로 이루어진 그림책
부터 짧은 글, 중간 글, 긴 글의 수준 별로 있고 글자 크기도
큼직큼직하다. 내용도 《춘향전》, 《산골 아이》처럼 우리 작가
가 쓰고 그린 책이라 정서에도 맞는다. 그런데 이 책들은 너
무 쉬워서인지 여러 권 읽지는 않았다.

이밖에 브레인 피트니스 프로그램(Box 13)과 자선전 쓰기
(Box 14)도 도움이 된다고 하는데 이 방법들은 엄마와 실행해
보지는 않았다.

Box 13

브레인 피트니스 프로그램의 효과

브레인 피트니스라는 이름으로 소개되는 상용화된 컴퓨터 인지훈련 프로그램이나 게임들이 많이 있다. 이러한 상용 프로그램들의 대부분은 효과가 과학적으로 검증되지 않았다. 따라서 프로그램을 선택할 경우에 효과가 연구로서 검증되었는지를 확인할 필요가 있다.

실제로 이미 1,000만 명 이상이 다운로드한 루모서티 Lumosity라는 프로그램이 있다. 이를 개발한 루모스랩은 2016년 상품의 허위·과장 광고 혐의로 200만 불의 벌금을 부과 받았다. 루모스랩은 자사의 온라인 게임이 학교나 직장에서의 수행을 향상시키고 알츠하이머, 뇌 손상, 외상후 스트레스 장애와 같은 심각한 질병과 관계된 인지적 결함을 예방한다고 광고했다.

미국 연방거래위원회FTC는 스탠퍼드 대학의 연구자들 단체와 인지훈련 게임들의 연구 결과에 근거해서 루모서티의 광고가 근거 없다고 결론지었다. FTC의 결론은 "대부분의 연구들에 의하면 충분히 연습을 하면 이러한 게임이나 비슷한 인지과제의 수행이 향상된다는 것을 보여준다. 그러나 훈련이 실제 생활에 적용된다는 증거는 없다."는 것이다.

Box 14

치매환자의 자서전 쓰기

환자가 자신의 과거 이야기를 하면 이를 기록하여 책으로 만드는 것이 자서전인데 최근에는 디지털 자서전이 나와서 사진뿐 아니라 동영상까지 첨부할 수 있다.

자서전을 만드는 과정에서 가족들은 환자와 깊은 유대감을 느낄 수 있고 환자는 과거를 회상하면서 즐거움과 소속감을 느낀다. 가족이 아닌 간병인이나 요양사가 환자를 이해하는 데 도움이 될 수 있다.

작성 방법
– 사진이 있으면 사진으로부터 시작하는 것이 좋다.
– 되도록 긍정적인 정보를 기록하고 환자에게 정서적인 고통을 줄 수 있는 비극적인 사건이나 기억은 피하는 것이 좋다.
– 사진첩이나 스크랩북, 또는 온라인 포토북에 정보를 정리한다. 환자의 과거와 현재의 사진들을 많이 활용한다.

포함하는 내용
– 환자의 이름, 출생지, 부모, 형제자매의 이름
– 아동기의 집, 동물, 친구에 대한 이야기
– 직업·일
– 배우자의 이름, 어떻게 만났는지, 결혼식 장소
– 결혼 후 첫 번째 집
– 자녀들의 이름과 설명
– 취미·흥미 활동
– 중요한 사건들

스트레스 해소를 돕는 예술 활동

엄마를 봐도 그렇고, 나도 은퇴할 나이가 되어 보니 결국 남는 건 음악, 미술 같은 '예술'이라는 생각이 든다. 요즘은 예술을 취미로 가진 사람이 제일 부럽다. 예술 활동들은 그 자체로 즐거울 뿐 아니라 스트레스를 완화시켜주고 다른 사람들과 만날 기회를 제공하며, 인지저하를 방지하는 효과 (Box 15, 16)까지 있어서 좋다. 게다가 대부분의 미술 활동은 머리와 눈과 손을 같이 사용한다는 장점이 있다.

방문 미술교육

인지활동이 너무 재미가 없어서 좀 더 재미있는 활동을

찾다가 미술에 관심을 갖게 되었다. 내 친구의 어머니는 아버지가 돌아가시고 60세가 넘어서 그림 그리기를 시작해서 지금은 '여류 화가'가 되셨다. 누가 알겠는가? 우리 엄마도 뒤늦게 재능을 발견하실지?

처음엔 상가 지하에 있는 미술학원에 가 봤지만 너무 전문적이어서 결국 1:1 방문 미술 수업을 받기로 했다. 주로 유아와 초등학생 대상이지만 요즘은 어르신들도 더러 한다고 한다. 엄마는 샘플 그림을 보고 연필로 그리고 색연필이나 물감으로 칠하는 활동을 하셨다.

엄마는 그런대로 즐겁게 수업하시는 듯 했는데 월 회비를 아까워하셨다. 평생 당신 자신을 위해 돈을 쓰는 데에 인색하셨으니 그렇게 하고 싶지도 않은 미술을 돈까지 내며 하실 정도는 아니었나 보다. 우리가 대신 월 회비를 낸다고 해도 매번 그만 두겠다고 하셔서 3~4개월 정도 하다가 중단했다. 흥미가 있다면 좋은 방법일 듯하다.

컬러링북

방문 미술교육 대신 컬러링북을 사서 집에서 색칠하기를 연습했다. 엄마는 색칠을 할 때는 엄청 집중하지만 역시 수업을 받지 않으니 몇 페이지 하지 않고 중단하기 일쑤였다. 집에 다 끝내지 않은 컬러링 북이 여러 권 굴러다닌다.

Box 15

미술치료가 인지기능 향상에
효과가 있을까?

미술치료는 작품의 창작과 평가(감상)로 구성되는데 이를 통해 다양한 인지과정을 훈련시킬 수 있다. 우선 창작을 위해서는 완성된 작품을 다양하게 상상할 수 있어야 한다. 그 중에서 어떤 것을 만들겠다고 결정을 할 때도 시각, 정서에 대한 정보를 포함한 다양한 정보를 통합해야 한다. 그리고 결정한 디자인을 작업기억(혹은 단기기억) 속에 유지하면서 실제로 그대로 만들어내야 한다. 전체적인 계획을 실행하는 과정에서도 몇 개의 중간 단계들을 거쳐야 하며 각 단계마다 만들고 있는 작품이 계획대로 가고 있는지를 지속적으로 모니터링을 해야 한다.

작품의 감상을 위해서는 작품에서 전달되는 심미적인 정보와 정서적 정보를 통합하면서 작가의 생각과 감정을 대입해 보는 능력(조망수용능력)이 필요하다. 종합하면 미술치료는 작품의 창작과 감상을 위해서 집행기능, 시공간 처리, 사회-인지처리 등 다양한 인지기능을 필요로 하므로 좋은 인지훈련이 될 수 있다.

Box 16

경도인지장애 환자에게
미술치료가 효과 있을까?

최근 경도인지장애 환자들의 인지저하를 지연하고 인지기능을 향상시키기 위해 비약물적 치료가 도입되고 있다. 그 중에서 미술치료는 주의력과 인지를 향상시키고, 경도인지장애·치매 환자들의 기분을 향상시키려는 목적으로 사용된다. 환자들에게 미술치료가 효과적인지를 과학적으로 조사한 연구는 아직 많지 않다. 싱가포르에서 실시된 한 연구에서 9개월 동안 경도인지장애 환자 68명을 대상으로 미술치료의 효과를 조사한 결과가 보고된 바 있다.[41]

연구자들은 환자들을 세 집단으로 나누어서 한 집단은 미술치료, 다른 집단은 음악 회상활동, 세 번째 집단은 아무런 처치를 제공하지 않은 통제 집단이 되었다. 미술치료와 음악 회상활동은 3개월 동안은 매주, 그리고 6개월 동안은 격주로 제공했다.

미술치료는 작품 만들기와 감상하기의 두 부분으로 구성되었다. 미술치료는 6회의 창작과 이야기 나누기, 그리고 6회의 갤러리 방문으로 이루어졌다. 창작과 이야기 나누기는 매번 주제가 달랐으며(예: 가족과 친구) 참여자들은 주제에 따라 그리기, 콜라주, 상징 작업이나 조각 만들기를 위해서 물감, 연필, 크레용, 그림카드, 파스텔, 스티커, 색연필 등을 사용했다. 작품을 만든 다음 참여자들은 먼저 짝을 지어 자신들의 작품에 대한 생각과 감정을 나누고 다음에는 집단으로 생각을 공유했다. 소그룹 나눔의 시간에는 치료사가 질문(예: 이 사람은 왜 이런 방법으로 그렸을까?)을 통해서 작품의 인지적, 정서적 평가를 촉진했다.

미술관 방문에서는 미리 선정해 둔 작품 앞에 모여서 각자의 생각과 감정을 나누었다. 그동안 치료사는 역시 질문(예: 이 작품은 제목을 뭐라고 하겠어요?, 이 그림의 어떤 부분이 눈에 띄나요? 이 그림을 볼 때 어떤 생각이 드나요? 왜 화가는 주인공들을 이렇게 그렸을까요?)을 통해 나눔을 촉진했다.

신경심리 검사 결과 참여자들의 전반적인 인지가 향상되었고 특히 미술치료가 지속되는 9개월간 기억의 향상이 유지되었다. 추가적으로 시공간 능력, 주의력, 작업기억, 그리고 집행기능도 향상되었다.

더 최근에 보고된 싱가포르의 연구는 경도인지장애 환자들에게 미술치료를 제공하고 뇌 피질의 두께를 측정했다[42]. 매주 45분의 미술치료를 3개월 간 받은 집단은 통제집단에 비해 뇌의 피질, 특히 중전두회middle frontal gyrus, MFG의 두께가 더 두꺼워졌다. 중전두회 피질의 두께가 두꺼워질수록 즉각적인 기억도 향상되었다. 연구자들은 미술치료가 뇌의 가소성을 향상시킬 수 있음을 강조했다.

평생학습관 하모니카 수업

　무엇이든 혼자서는 힘들고 방문 수업은 비용이 부담스러웠다. 그래서 여럿이 함께 할 수 있는 수업을 찾아보았다. 또 엄마를 모시고 외출을 하는 기회도 필요했다. 그래서 시작한 것이 하모니카 수업이었다. 아주 우연히 동네 평생학습관에 갔다가 적당한 시간대에 수업이 있어서 엄마를 설득해서 억지로 등록했다. 방문 수업보다 비용이 훨씬 저렴했다. 65세 이상은 경로 우대 할인도 있어서 수업료는 월 2만 원 정도였다.

　그렇다고 엄마가 하모니카 수업을 그리 반기신 것은 아니다. 하모니카 수업을 가자고 전화드릴 때마다 엄마는 "난 이제 그만 할래." 하셨다. 그러다가도 내가 집에 가 보면 벌써 옷을 다 입고 기다리신다. 아버지가 집에 계시는데 나오는 것이 신경 쓰이셨는지 언제나 왜 가야하는지를 5분쯤 설명해야만 그제야 마지못해 따라 나오셨다. 막상 수업에 가면 엄마는 누구보다 열심히 하셨다.

　평생학습관까지는 큰 길을 건너 10분이면 걸어서 갈 수 있지만 당시 엄마는 아파트를 나와서 큰 길을 건너 본 지가 언제인지 알 수 없을 정도로 집에만 계셨다. 평생학습관에서 엄마가 수업 받는 동안 나는 옆에 멀뚱멀뚱 앉아 있다가 결국은 나도 클래스에 등록했다.

한 반이 15명 내외였는데 하모니카를 이미 몇 년씩 배운 수강생들은 연주가 가능해서 우리와는 수준이 달랐다. 이들과 우리는 다른 곡을 배웠다. 예를 들면, 상급반들이 노사연의 〈만남〉을 연주하면 우리는 〈아리랑〉을 배웠다. 그런데 엄마는 다른 사람들이 연주하는 곡에 관심이 많았다. 우리는 연주도 할 수 없는데 꼭 그 악보를 얻기를 원하셨다. 엄마가 그런 욕심이 있는 줄은 처음 알았다. 한번은 구경을 하고 계시는 엄마께 내가 빨리 연습을 하시라고 했다.

- 엄마, 그만 보고 빨리 연습하세요.
- 응, 저 사람들 연주하는 거 좀 더 보고… 그런데 우리는 왜 저 노래 악보가 없니?
- 우리는 아직 저 노래를 안 배우니까요.
- 그래도 선생님께 악보 좀 달라고 해야겠어.

한번은 수업이 끝나고 난 뒤에 엄마가 선생님께 악보를 달라고 하셔서 받아오셨다. 악보를 받아 보니 막상 그렇게 어려운 것도 아니어서 나도 집에서 연습을 할 수 있었다. 난 수준이 안 된다고 포기하고 관심도 안 두었는데 엄마는 정말 도전적이었다. 엄마의 새로운 모습을 발견했다.

엄마는 집을 나오는 것이 부담스러우면서도 집 밖에서의 수업을 즐거워하셨고 나도 엄마와의 시간을 즐겼다. 때로는 수업 후에 커피를 마시러 가기도 했고 한 번은 수업을 빼먹고 남대문 시장에 다녀오기도 했다.

집 앞에서 401번 버스를 타고 남대문 시장까지 거의 1시간의 버스 여행을 했다. 엄마는 신세계백화점에 온 게 거의 몇 십 년 만이라고 하셨다. 신세계백화점 앞에서 중국 관광객들처럼 사진을 한 장 찍고 남대문 시장으로 들어갔다. 입구 쪽 노점에서 앙고라 스웨터를 4,000원에 파는 걸 보시고 "우리 땐 앙고라가 정말 좋은 옷이었는데 어떻게 저렇게 싸게 파냐?"며 놀라셨다. 양말가게에서 아빠 양말을 두 켤레 샀다. 난 재미있는 캐릭터가 있는 양말을 권했지만 엄마는 점잖은 것으로 사야 한다며 제법 두꺼운 양말을 고르셨다. 스웨터가 2~3만원 했는데 엄마는 옷이 많다며 결국 구경만 하고 나오셨다. 길가 속옷가게에서 아빠의 덧버선을 샀다. 하여튼 엄마는 아빠 것 외에는 관심이 없었다.

남대문 시장에서 40~50분을 구경하다가 유명한 호떡을 하나씩 사먹고 다시 401번 버스를 타고 왔다. 오면서 엄마가 우리 동네에서 내릴 수 있는지 뒤에서 지켜봤다. 내릴 때가 되자 엄마가 혼자 내릴 준비를 하셨다. 아파트에 들어오면서 내가 오늘 어디를 다녀왔는지 엄마께 여쭤보았다.

– 엄마, 오늘 우리 어디 갔다가 왔어요?
– 남대문 시장.

– 우리가 뭘 샀지?

– …, 아빠 바지?

– 양말 두 켤레하고 덧버선. 아빠 바지는 안 샀지.

– 하하! 거기까지 가서 양말만 사가지고 왔어?

엄마는 남의 얘기하듯 말씀하시고 하하 웃으셨다. 엄마
는 버스를 타고 오면서 계속 '우리 아파트는 ㅎ○○에 있고,
○ㅁ아파트가 옆에 있고' 하면서 외우고 왔다고 하셨다. 동네
를 보니 알겠어서 '역시 내가 아직은 정신이 있구나.' 하고 속
으로 생각하셨단다.

세 달째에는 하모니카 수업이 마감되어 등록이 안 된다
고 했다. 엄마가 매번 하모니카 수업에 안 간다고 그러셨던
거라 등록이 안 되어도 난 별로 아쉽진 않았다. 그런데 웬걸
엄마는 사무실 직원에게 우린 뒤에 조용히 앉아 있을 거니
까 등록하게 해 달라고 조르셨다. 또 마침 올라오신 강사 선
생님에게도 등록시켜 달라고 조르셔서 모두 웃었다. 그러나
결국 등록을 못 하고 연필 스케치 수업으로 자연스럽게 옮
겨 갔다.

집으로 돌아오며 엄마한테 "하모니카는 재밌어?" 했더니
"집에 있는 것보다 바람 쐬러 나가는 거지 뭐." 하신다. 바로
그게 목적인데 적중했다.

하모니카 수업이 마감되어 이번엔 어쩌다가 미술 클래스에 등록했다. 엄마는 미술 수업에 등록한 것은 잊으셨지만 하모니카 수업을 빠지고 남대문에 다녀 온 것은 일주일이 지난 후에도 기억하셨다. 이건 매우 드문 일이었다.

처음으로 미술 수업에 가는 날 엄마가 12시에 전화를 하셔서 오늘은 2시에 간다고 말씀드렸다. 집에 가 보니 미술 수업을 잊어버리고 하모니카랑 책을 가방에 넣고 준비해 두셨다. 내가 그 전 날 스케치북도 미리 찾아서 다 준비해 놓았는데 그건 또 어디에 두셨는지 모르겠다. 그럴 땐 엄마랑 보물찾기를 하는 기분이다. 가는 길에 왜 우리가 미술수업을 가게 되었는지 엄마께 다시 설명해드렸다.

첫 수업은 줄긋기부터 시작했는데 엄마는 아주 열심히 하셨다. 수업 마지막에 강사가 오늘 수업이 어땠는지 물었다. 엄마는 다른 사람들 작품을 보고는 열등감을 느껴서 못 그리겠다고 하셔서 다들 한바탕 웃었다. 선생님이 엄마 스케치북을 클래스에 보여주며 잘 했다고 박수를 쳐주었다. 수업은 재미있었다. 그런데 엄마는 열심히 하시면서도 수업 내내 "재능을 타고 나야 한다."며 다른 사람과 비교하고 푸념하셨다. 하모니카는 숨이 찬다고는 하셔도 재능 얘기까지는 없었다. 그리고 보니 옛날 방문 미술 수업을 할 때도 계속해서 '재능이 없다'고 푸념하시곤 했었다. 처음엔 겸손으로 들리지만 한 시간에도 몇 번씩 못 그린다고 푸념하시는 걸 계속 듣고 있으면 슬슬 짜증이 날 정도였다.

엄마의 푸념은 당신이 못 그리는 것에서부터 시작해서 "나 닮아서 애들도 다 못 그린다."까지 확대되었는데 그건 사실이 아니었다. 나를 빼곤 다들 미술에 소질이 있었다. 나는 학교 다닐 때부터 유독 못하는 과목이 미술이었고 미술 숙제는 동생들이 다 해줬다. 엄마가 그건 기억하셨다. 그런 내가 엄마 덕분에 미술 스케치 수업을 듣다니 상상도 못한 일이었다. 나는 '평생 안 해 보던 일 해 보기'의 일환으로 스케치 수업을 생각하고 잘 그리던 못 그리던 의미를 두지 않기로 했다.

더구나 첫 수업부터 전시회를 준비한다는 이야기를 듣고 말도 안 된다고 웃어넘겼다. 결국 미술 선생님의 도움으로 전시회에 작품을 걸게 되었다. 나도 엄마도 평생 처음이었다.

엄마는 집에서도 열심히 그리고 칠하고 하셨다. 문제는 선생님의 지시를 잊어버리고 칠하지 않아야 할 곳을 칠하는 일도 있었다. 그래서 수업시간에 다시 지우개로 지워야 했다. 당시는 나나 엄마나 모두가 당황스러웠지만 생각해 보면 잘 그리는 것이 뭐 그리 중하랴!

엄마는 때로 다른 사람들의 그림을 보고 "왜 저렇게 그리지?" 하시며 속마음을 그냥 밖으로 표현하시기도 해서 옆에서 내가 더 당황스러웠던 적도 있었다. 선생님에게는 미리 사정을 얘기하고 양해를 구했다.

이 수업에서는 사람들도 사귀고 즐겁게 잘 다녔는데 전시회 직전에 아버지가 입원하시는 바람에 중단하게 되었다. 작품은 선생님이 마무리해 주셔서 전시회에는 참여했다. 아버지가 퇴원하셔서 전시회에 오셨을 때 엄마가 아이처럼 좋아하시던 모습이 아직도 가슴 뭉클하게 기억에 남는다.

전시회애 출품한 엄마의 그림

구민회관 노래교실

엄마의 외출거리를 만들려고 고민하던 중에 요양사가 오는 시간에 엄마를 모시고 노래교실에 가서 노래를 하고 오면 딱 좋을 듯해서 구민회관 노래교실에 등록했다. 음악치료가 인지기능 향상에도 도움이 된다니(Box 17~19) 더욱 기대가 됐다.

가끔 요양사 선생님이 유튜브에서 노래 동영상을 보여드리면 엄마가 하루 종일 흥얼흥얼 하시기도 한다. 옛날에 아버지가 계실 때 엄마를 모시고 노래교실에 한 번 간 적이 있었다. 모르는 노래도 많은데다가 다 같이 박수치고 노래하는 게 엄마랑 내 취향은 아니어서 딱 한 번 가고 말았다.

이번에는 적응을 하면 좋겠다고 생각했는데 예상대로 첫 수업을 하는 날 엄마는 완강히 거부하셨다. "구십 노인네가 무슨 노래를 배운다고…. 난 추워서 안 갈래. 난 필요 없어." 하셨다. 내가 구민회관에 전화로 그 날 등록이 가능한가를 확인한 뒤 엄마께 두꺼운 옷을 입으시라고 했더니 금세 잊으셨는지 일어나서 옷을 입고 나오셨다. 첫날이라 등록도 해야 해서 나와 요양사, 그리고 엄마, 이렇게 세 명이 구민회관 노래교실에 갔다.

대강당에서 모이는데 자리도 널찍하고 옆 사람 눈치 볼일도 없고 좋았다. 나는 잠시 수업을 참관하면서 7080 노래를 목청껏 따라 부르다가 먼저 나왔다. 엄마는 수업 후엔 요양사랑 밖에서 샌드위치로 점심을 드시고 오셨다.

주 1회 정도의 외출 스케줄로서 아주 바람직했다. 그러나 노래교실에 대한 엄마의 반응은 "재미없다"였다. 문제는 노래였다. 내가 나오고 난 다음엔 요즘 나오는 트로트를 불렀는데 대부분이 엄마가 모르는 노래였다. 미리 예습을 해야 하나, 아님 환불을 해야 하나 걱정을 했는데 코로나 19로 첫 수업을 마지막으로 수업이 폐강되었다.

Box 17

음악치료가 인지기능 향상에 효과가 있을까?

음악치료는 전문적인 음악치료사가 음악을 제공하고 참여자들은 음악을 듣기만 하거나 혹은 적극적으로 참여하여 노래를 부르거나 악기를 연주한다. 음악가들은 나이가 들어도 비음악가에 비해 청각 작업기억이 우수한 것으로 알려졌는데 이는 음악 훈련이 노화와 관계된 인지저하를 완화할 수 있음을 보여 준다. 따라서 음악은 치매환자들의 증상 관리를 위해서 수년 간 사용되어 왔다.

베이징에서 진행된 한 연구에는 298명의 경도·중도·고도의 치매 환자들이 참여했다[43]. 환자들은 노래 부르기, 가사 읽기, 그리고 통제 집단으로 나누어져서 3개월 동안 음악 치료를 받았고 연구 시작 시, 3개월 후, 6개월 후에 각종 인지검사와 신경심리 증상에 대한 조사에 참여했다.

　연구 결과 가사 읽기나 통제집단에 비해 노래 부르기 집단은 언어 유창성이 향상되었고 신경정신 증상이 완화되었으며 간병인의 고통이 완화되었다. 경도의 치매 환자에게 음악치료는 기억과 언어능력을 향상시키는 데 효과적이었으며, 중도 또는 고도의 치매환자에게는 정신적 증상과 간병인의 고통이 줄어드는 효과가 있었다. 그러나 환자들의 일상생활 활동에는 차이가 없었다.

Box 18

악기 배우기가 더 효과적일까?

단순히 가사를 읽는 것보다 노래 부르기가 더 효과적이라면 악기연주는 더 효과가 클까? 816명의 치매 환자들이 참여한 8편의 음악치료 연구에 대한 분석 결과가 최근 보고되었다[44]. 결과를 요약하면 다음과 같다.

- 음악치료는 치매환자들의 인지향상에 도움이 되었다.
- 음악듣기가 가장 효과적이었으며 그 다음은 노래 부르기가 효과적이었다.
- 음악치료는 치매환자의 삶의 질을 향상시켰다.
- 음악은 치매로 인한 우울 증상을 완화하는 데 장기적인 효과가 있었다.

　이 분석에 의하면 흥미롭게도 치매환자에게 제공된 음악 중재의 기간이 짧을수록(20주 이하), 그리고 참여의 방법

이 수동적일수록(노래하기나 춤추기보다 단순히 음악듣기) 음악치료
의 효과가 컸다. 한편 악기를 연주하는 것은 인지기능에
더 큰 도움이 되지 않았다. 아직 더 많은 연구들이 필요하
지만 음악치료의 효과를 얻기 위해서는 단순히 음악을 듣
기만 해도 충분하다.

Box 19

치매 환자들에게 음악치료가 효과적인 이유

좋아하는 음악을 들으면 기분이 좋아진다. 많은 연구에
의하면 음악이 코르티솔과 같은 스트레스 호르몬의 수준
과 자율신경계에 영향을 줘서 스트레스를 낮추는 효과가
있다. 또 음악이 엔도르핀, 도파민, 엔도카나비노이드와
같은 신경전달물질 분비를 촉진시킨다는 주장도 있다. 이
는 음악이 스트레스, 보상과 각성의 과정에 역할을 한다
는 것을 의미한다.

음악치료의 기제가 분명히 밝혀지지는 않았지만 그 효
과를 설명하는 이론들이 있다. 음악치료로 활성화되는 뇌
의 영역이 알츠하이머 병 환자들에게도 상대적으로 덜 손
상되어 있기 때문에 음악치료가 언어치료보다 기억 기능
을 더 효과적으로 향상시킬 수 있다. 더구나 가사와 멜로
디의 이중 코딩이 더 강력한 기억 흔적을 만들고 장기기억
을 돕는다.

사람들과 교류하기

엄마가 가장 취약한 부분 중 하나가 '사회적 활동' 혹은 '사회적 접촉'이다. 엄마는 내가 아주 어렸을 땐 약국을 하셨다. 그러나 내가 학교에 들어간 이후엔 내가 기억하는 한 애들 학교 행사를 제외하고는 거의 바깥 활동을 안 하셨다.

아버지가 은퇴하신 후에는 어딜 가든 아버지를 수행하고 다니셨다. 어쩌다가 한 번씩 친구들 모임에라도 나갈라치면 아버지 식사 걱정 때문에 우리가 있어도 2~3시간 만에 들어오셨다. 게다가 귀가 잘 안 들리시니 친구들과 전화로 수다를 떠는 일도 거의 없었다.

내 기억으론 아주 오래 전(엄마의 60대)에 친구들과 유럽 여행을 한 번 다녀오신 적이 있는데 그것이 친구들과의 유일한 여행이었다. 엄마에게는 오로지 아버지와 아이들밖에 없었다. 안타깝게도 이렇게 사회적 접촉이나 활동이 제한되는 것이 경도인지장애와 치매 발생의 위험 요인 중 하나이다 (Box 20~23).

그래서 난 경로당에 다니시는 할머니들을 보면 부럽다. 그 할머니들은 몸이 불편한데도 지팡이를 끌며 친구를 찾아다니시는데 엄마는 목적이 없이 그냥 친구를 사귀기 위해서 경로당에 가는 건 싫으신 모양이다. 엄마를 위해서는 강좌나 혹은 종교 모임을 찾고 친구들과의 모임에 되도록 빠지지 않도록 도와드릴 수밖에 없었다. 마치 아이들의 친구 사귀기를 도와주는 기분으로 엄마의 모임에 신경을 썼다.

어릴 때 친구라면 더욱 좋고 또래의 친구들을 만나는 것은 경도인지장애뿐 아니라 치매의 예방을 위해서도 아주 중요하다. 다른 사람들과 관계를 유지한다는 것은 고도의 인지적 활동이다. 게다가 비슷한 처지의 또래들이 주는 정서적 유대감과 정보도 무시하지 못한다.

성당 아카데미

당시엔 24시간 간병인이 엄마와 함께 살았다. 그리고 요양사가 주 5일 방문했다. 동생이 수시로 들여다봤고 나는 가끔씩 공식적으로 필요할 때 엄마에게 들렸다. 엄마 집에

CCTV를 달아 놓고 집에서 보고 있자면 집 안이 너무 조용했고 낮에는 엄마가 거의 주무시고 계셨다. 산책하고 요양사와 수업을 하는 것 외에 엄마의 사회적 접촉을 늘릴 방법이 필요했다.

그래서 생각해 낸 것이 성당 아카데미였다. 엄마는 스스로를 불교신자라고 하시지만 천주교 학교를 다니신 덕에 신부님과 수녀님에 대한 친근감이 있었다. 게다가 이모들도 다 성당 학교에 다니시는데 일주일 내내 바쁘시다고 했다. 성당 아카데미에는 성당에 안 다니는 분들도 다닐 수 있다. 겨울 동안 동네 성당에 연락을 해서 스케줄을 확인하고 엄마를 설득해서 개학을 하면서부터 다니기 시작했다.

엄마도 처음엔 동의하셨지만 성당에 나가는 일이 쉽지는 않았다. 워낙 외부 모임 자체가 없었던 터라 엄마는 수업 같은 공식적인 모임은 그런대로 참여하시는데 소풍이나 월 1회 반 친구들끼리 성당 밖에서 모이는 식사 모임엔 가기를 꺼리셨다.

코로나 19가 발생하기 전 해 오월에는 성당에서 소풍도 갔다. 다른 할머니들을 사귀고 바람도 쐬는 좋은 기회였지만 성당을 다니기 시작하신 지 얼마 되지 않은 엄마는 별로 가고 싶지 않다고 하셨다. 성당 소풍날, 아침 7시 반쯤 엄마 집에 가보았다. 엄마는 어제 골라 놓은 옷은 입지도 않고 침대를 꼭 붙들고 누워서 안 간다고 데모를 하고 계셨다.

– 몸이 안 좋아서 오늘 안 간다. 못 간다.
– 모르는 사람들 하고 가고 싶지도 않다.

어느 정도 예상한 바였다. 아빠도 마찬가지다. 여행을 싫어하시기도 했지만 간다고 하셨다가도 일주일 전부터 못 가는 이유가 생기기 시작했다. 아빠와의 마지막 여행은 결국 내가 설득하다가 지쳐서 아빠랑 엄마의 짐을 막무가내로 다 싸고 나서야 떠날 수 있었다. 우울증 때문인지 불안증 때문인지 하여튼 두 분 다 어디든 안 간다 하셨다.

그 날은 진짜 엄마의 컨디션이 안 좋은 것 같기도 했다. 가시라 해야 될지 계시라고 해야 될지 잠시 망설여졌다. 그러다가 결정했다. 가시는 걸로! 엄마를 침대에서 억지로 일으켜 세웠다. 어제 준비해 놓은 옷을 입는 것은 포기하고 위에 블라우스만 하나 더 입으셨다. 간병인 아줌마와 내가 성당 버스가 떠나는 곳까지 엄마를 모셔다 드렸다. 엄마가 버스에 타시는 것을 보고 돌아와서도 하루 종일 혹시 무슨 일이 있지나 않을까 걱정이 되었다.

저녁때가 다 되어 소풍을 다녀오신 엄마는 기분이 아주 좋았다. 어디를 갔는지 여쭤보니 포천 대신 평택이라고 하셨다. (그 다음날은 평창이라고 하셨다.) 큰 호수를 돌았고 점심식사로 육개장을 드셨고 갈비도 하나씩 드셨고 다른 할머니들과 손주들 시집 장가보내는 이야기도 하셨다고 했다. 정말 많은 일들을 아직 기억하고 계셨다. 어디를 가더라도 오면서 벌써 어디에 갔다 왔는지 기억을 못 하시는데 이렇게 잘 기억하신 적이 없었던 것 같다. 하여튼 억지로라도 보내길 잘했다. 엄마에게는 매우 즐거운 소풍이었던 것 같다.

엄마는 성당에서 같은 반 친구들과 사적인 식사자리도 공짜로 얻어먹기가 싫다고 하셨다. 돌아가면서 식사를 대접하면 된다고 해도 신경 쓰여서 싫다고 하셨다. 그래도 내가 하도 챙기니 가시긴 했지만 엄마는 성당 아카데미에서도 수업만 하시고는 혼자 집으로 오시는 날이 많았다. 한 학기를 마무리하는 종강식에서는 엄마가 없어졌다고 해서 작은 소동이 벌어진 적이 있다.

성당 아카데미 1학기 종강식 날인데 성당에서 전화가 왔다. 엄마가 분명히 성당에 오셨는데 미사 끝나고 종강 모임 시간에 사라지셨단다. 그 전 주에도 이런 전화가 왔었다. 간병인이 엄마를 분명히 성당에 모셔다드리고 수녀님께 인사도 드렸는데 반 모임 시간에 엄마가 사라지셨다. 그 때 나는 마침 외출 중이라 간병인과 수녀님, 엄마의 기쁨반 담임 선생님께 번갈아 전화를 하며 마음 졸였었다. 결국 엄마는 미사가 끝나고 성서를 공부하는 시간에 반으로 가지 않고 혼자 집으로 오셨다. 다행히 성당에 자주 가다 보니 길은 잃지 않고 제대로 찾아오셨다. 이건 성당에 다니면서 얻은 가장 확실한 수확이다.

그 사건 이후로 간병인이 엄마를 담임 선생님께 직접 인도해 드리고 오기로 방법을 바꿨다. 이번엔 그렇게 했는데 선생님이 종강식으로 정신없는 사이에 엄마가 또 실종된 것이다. 마침 나도 집에 있어서 성당으로 엄마를 찾으러 갔다. 가는 길을 살피며 성당에 도착했다. 지하 강당으로 내려가 담임 선생님을 만나니 엄마를 찾았단다. 엄마가 간병인을 찾으러 나가셨다고 했다.

다른 할머니들은 수업 후에도 남아서 같이 돌아오거나 또 다른 모임에 가곤했다. 엄마들이 아이 친구들에게 우리 애와 같이 잘 놀아달라고 맛있는 걸 사 주고 신경을 쓰는 것처럼 이제는 내가 엄마 반 할머니들에게 신경을 써야 했다. 음료수를 사서 엄마 반 친구 분들 드시라고 교실에 가져다 드리고 식사 대접을 할 순서도 대기했다.

이에 반해 엄마는 별로 새 친구를 사귀는 데 관심이 없는 듯했다. 귀가 잘 안 들리는 것도 한 이유였을 것이다. 대화가 잘 안 들리니 사람들의 대화에 쉽게 끼기가 힘들었을 것이다. 장소 이동과 같은 공지를 잘 못 들을 수도 있다. 게다가 스케줄 상 성당에서 점심까지 드시고 오시면 곧바로 요양사가 오기 때문에 집에 오는 길이 바쁘기도 했다. 일단은 이 정도라도 성당 아카데미에 다니게 된 것에 감사했다. 그렇게 두 학기를 다니고 코로나 19로 인해 성당 아카데미가 문을 닫았다. 그 사이에 한 할머니가 돌아가셨다는 소식이 들렸다. 엄마가 그 할머니들을 기억하고 계실지 모르겠다.

친구들과의 모임

엄마의 유일한 외부 모임은 대학 동창들과의 모임이다. 한 달에 한 번씩 다섯 분이 모인다. 누가 아프거나 집에 일이 생기면 모임이 자주 취소된다. 아버지가 돌아가신 뒤에 엄마는 이 모임에 아주 적극적이 되셨다. 자식들한테도 말 못하는 이야기들을 풀어놓을 수 있는 자리인 것 같다.

문제는 복잡한 토요일 12시 잠실 롯데백화점 식당가의 한식당을 엄마가 찾아 가실 수 있는가이다. 잠실은 강북, 강남, 경기도, 어디에서 오든 교통이 제일 편한 곳이고 주중에는 증손주를 보는 분도 계셔서 시간과 장소를 바꿀 수는 없다. 엄마는 당연히 혼자 갈 수 있다고 장담을 하셨다. 그러나 휴대전화도 잘 안 받으시니 만약의 경우를 생각하면 혼자 보내드릴 수가 없어서 모시고 가야 한다.

경도인지장애의 증상 중에 '지남력[45] 장애'라고 시간과 공간에 대한 감각이 상실되는 증상들이 있다. 병원에 가면 항상 '오늘이 몇 월 며칠이냐', '여기가 어디냐', '요즘은 무슨 계절인가'를 묻는데 지남력의 장애 정도를 알고자 함이다. 오늘이 몇 월인지, 며칠인지 엄마는 자주 헷갈리신다. 계절은 아신다. 장소도 아시는 듯하다. 그래도 혼자 다니실 수 있을까 안심이 안 된다. 혼자 가신다고 해도 돌아오실 때까지는 안심할 수가 없어 대기상태다.

한 번은 약속 시간 30분 전쯤 카카오 택시를 불러서 태워 드리고 잠실 롯데 백화점까지 모셔 달라고 택시 기사에게 부탁했다. 그러고는 남은 식구들과 느긋하게 점심을 먹었다. 12시 10분쯤, 예상 도착시간보다 좀 늦게 카카오 택시에서 문자가 왔다. 서비스 종료 후 평가를 요청하는 문자였다. 예상대로라면 이미 15~20분쯤 전에 도착하셨어야 하는데 많이 막혔나 보다 생각했다.

그리고 10분쯤 뒤에 엄마 친구로부터 전화가 왔다. 엄마가 아직 도착하지 않으셨다고 했다. 갑자기 정신이 번쩍 들었다. 혹시나 하고 엄마께 전화를 걸었지만 역시나 받지 않으셨다. 어쩌지? 빨리 가서 찾아봐야 하나 생각하다가 카카오 택시가 생각났다.

택시에 전화를 걸어 기사님과 통화했다. 백화점 앞 정류장에 택시 대기가 어려워서 호텔로 들어가서 백화점 입구에 내려드렸다고 했다. 그러니까 항상 내리시던 곳이 아닌 곳에서 내리신 것이다.

엄마가 약속 장소를 찾아가실 수 있을까? 엄마가 경도인지장애라도 오늘 같은 날 목적지를 잊지는 않으실 것 같다. 난 물어물어 찾아가실 것 같았다. 남편은 고개를 절레절레 흔든다. 아무튼 빨리 가 보는 편이 낫다 생각하고 나갈 준비를 하는데 다시 전화가 왔다. 엄마가 이제 도착하셨다고 했다.

엄마를 혼자 보내고 너무 방심했나 보다 후회했는데 너무나도 다행이었다. 돌아오실 때는 엄마를 모시러 롯데백화점에 갔다. 엄마를 제외하고 두 분이 나오셨는데 한 분은 혼자 오셨지만 다른 한 분도 몸이 불편하셔서 딸이 모시고 나와서 옆에서 대기하고 있었다.

이렇게 엄마가 한 달에 한 번 친구를 만나는 일이 쉽지만은 않다. 혼자 가셔도 돌아오실 때까지는 아무 것도 할 수가 없다. 만일의 경우를 위해서 대기하고 있어야 한다. 엄마는 극구 사양하시지만 모시고 가서 기다리고 있는 것이 더 편할 수도 있다. 그렇더라도 오래오래 만나셨으면 정말 좋겠다. 딸이나 아들이나 우리가 드릴 수 없는 중요한 추억과 시간을 친구들은 함께 나눌 수 있으니까.

친구들과의 전화통화 하기

귀가 잘 안 들리시는 엄마는 친구가 전화를 하면 받긴 하신다. 그러나 인사만 나누고 일방적으로 듣고 계시다가 끊게 된다. 게다가 지난 통화의 내용을 잘 기억할 수가 없으니 전화 내용이 깊게 들어가질 못 한다. 그래서 엄마가 전화를 적극적으로 걸지는 않으신다.

그러나 그 와중에도 옛날 학교 시절의 이야기는 몇 단어만 들어도 추억이 줄줄이 엮여서 나오는 듯하다. 학창 시절의 이야기가 나오면 평소에는 조용한 엄마가 큰 소리로 웃으시는 순간이다.

한 번은 엄마의 절친에게서 전화가 왔다. 엄마는 반갑게 전화를 받으셨지만 주로 친구 분이 이야기를 하고 엄마는 잘 못 들으시니 애매한 리액션으로 대답을 대신하셨다. 엄마는 또박또박 이야기하지 않으면 스마트폰이 울려서 잘 안 들리신다. 그래서 내가 옆에서 듣고 다시 통역을 해드리다가 결국은 내가 엄마 친구와 통화를 하게 된다. '누구는 아들네에서 나왔단다. 누구는 요양원에 들어갔단다….' 나도 함께 듣고 있자니 우울한 이야기가 계속 이어진다. 내가 슬그머니 대화를 돌려서 분위기의 반전을 시도했다.

- 나: 엄마가 옛날에 절에 들어가셔서 같이 공부하던 이야기를 자주 하세요.
- 엄마 친구: 맞다, 맞다. 그래도 우리 옛날에 정말 재밌었지? 우리 공부한다고 절에 들어가서 하라는 공부는 안 하고 아침 일찍 더덕 캐러 가고 너무 재미있게 놀았지. 니네 어머니(즉, 나의 외할머니)가 반찬 나르고 하셨는데…. 너희 어머니가 너무 잘 해주셔서 가끔 생각이 나. 정말 좋은 추억이지 그쟈?

이 이야기는 엄마도 가끔 꺼내시며 껄껄 웃으시는 즐거운 추억이다. 엄마와 친구들은 약대를 졸업하며 국가고시를 준비해야 했다. 그게 제1회 약사시험이어서 기출문제가 없고 정보도 없었다. 그래서 5명인가 친구들이 대구 가까이에 있는 절에 공부를 하러 들어갔다. 한 달 정도 절에서 공부하는 동안 외할머니가 반찬을 만들어 나르셨다. 그런데 알고 보니 정작 공부는 안 하고 아주 재미있게 놀았다는 이야기다. 친한 친구들끼리 한 달간 공식적인 합숙을 했으니 얼마나 재미있었을까? 상상만 해도 즐겁다.

공부를 하려고 하면 지금 대구에 계시는 한 친구가 갑자기 책상을 엎어 버리고는 "야 공부 그만하고 놀자!" 했단다. 엄마는 이 이야기를 나뿐 아니라 요양사 선생님에게도 몇 번을 하셨다. 생각만 해도 즐거우신지 이야기를 하시기도 전에 미리 혼자서 소리 내어 웃으신다. 옛날의 가장 즐거운 추억이나 친구에 대한 이야기가 나오면 항상 기억하시는 내용이다. 공부하러 들어가서 더덕을 캐러 다녔다는 건 이번에 처음 알았다. 어쨌거나 결과는 좋았다. 같이 공부한 친구들은 다 합격했다. 아니 그 해 국가고시에는 전 학년에서 한 명이 떨어졌다고 했다.

엄마가 이어서 말씀하셨다.

─ ㅎ야! 우리가 그때 공부하고 합격해서 그 뒤에 잘 살게 되었는지

그거 모르겠지만, 두고두고 생각하면 즐거운 추억을 만든 건 확실하다, 그쟈?

구십이 가까운 두 할머니가 벌써 60년 전의 일을 추억하며 즐겁게 웃을 수 있으니 충분히 가치가 있는 일이었다. 엄마가 우울해 보이면 요양사도 나도 일부러 친구들 이야기를 꺼내기도 한다. 코로나 19가 정리되면 엄마와 대구에 내려가 친구 분들을 모시고 공부하며 머물렀다는 그 절에 가 보고 싶다.

최근에는 엄마 친구 중 한 분이 코로나 19 이후에 전화를 걸기 시작하셨다. 혼자 사시는데 몸이 불편하셔서 잘 못 움직이시는 분이다. 그런데 전화를 매일 거신다. 어떨 땐 하루에 여러 번 전화를 하신다. 아침에 엄마가 주무실 때도 전화를 거신다. 전화 내용은 그냥 안부를 묻는 것이다. 하루에 두 번씩 안부 전화를 하시는 걸 보니 이 분도 엄마처럼 금방 전화하신 걸 잊으시는 것 같았다. 다행히 엄마는 그때마다 반가이 받으신다.

영상통화 하기

요즘같이 대면이 어려운 시기에는 영상통화라는 좋은 방법이 있다. 익숙해지면 아주 좋은 대안인 것 같다.

엄마의 절친 ㅅㅎ 아줌마(정확히는 할머니)에게서 카카오의 페이스톡으로 전화가 걸려 왔다. ㅅㅎ 아줌마는 친구들 모임이 있을 때도 항상 엄마를 데려다 주고 챙겨 주는 분이다. 매달 주기적으로 안부 전화를 걸어 주시곤 했다. 엄마와 아줌마는 서로 페이스톡을 시작하며 "세상 좋아졌네. 만나는 거나 다르지 않네." 하며 신기해 하셨다.

영상통화를 하면서 얼굴이 보이면 엄마가 잘 안 들려도 입술을 읽고 대화 내용을 알아들어서 음성전화보다는 훨씬 대화가 잘 된다. 문제는 두 분 다 페이스톡을 하며 얼굴을 보지 못하신다는 것이다. 화면에는 얼굴이 반만 커다랗게 나오거나 이마나 귀나 엉뚱한 곳이 보이는 경우가 많다. 그러다 보니 엄마는 소리를 잘 들을 수도 없고 화상통화이지만 입술을 읽을 수도 없어서 대화가 생각보다 쉽지 않았다.

– 친구: ㄴ아! 잘 지냈니?
– 엄마: 난 잘 지냈어. ㅎ야! 난 네가 미국에 간 줄 알고 전화 안 했지. 한국에 있었니?
– 친구: 한국에 있었지. 요즘 코로나 때문에 미국에 못 간다.
– 엄마: 난 네가 미국에 간 줄 알았어.

엄마는 ㅅㅎ 아줌마를 작년 12월에 만나셨다. 그리고 매달 한 번씩은 통화를 하는데도 항상 엄마의 첫 마디는 "난 니가 미국에 간 줄 알았다."이다. ㅅㅎ 아줌마는 매년 미국 딸네 집에 가시긴 한다. 엄마는 그건 기억하시고 요즘은 아줌마가 한국에 계시면서 매달 전화하는 건 기억 못 하셨다.

엄마는 친구뿐 아니라 외삼촌, 외숙모와도 영상통화를 주기적으로 하신다. 엄마가 업어서 키웠다는 5녀 1남중 외아들인 외삼촌과 외숙모는 참 유쾌한 분이다. 외삼촌 네는 국내와 외국에 떨어져 있는 자식들(그러니까 나의 이종사촌들)과 주말마다 영상통화를 하신다고 했다. 그 김에 외삼촌이 누나들께도 전화를 한다. 엄마는 외삼촌과 영상통화를 하면 기분이 아주 좋아진다. 엄마는 팔십이 다 되어 가는 외숙모를 아직도 '새댁'이라고 부른다. 외숙모는 재미있는 TV 프로그램도 알려주시고 엄마의 헤어스타일도 조언해 주신다. 외삼촌, 외숙모와의 통화는 짧아도 항상 유쾌하다.

- 외삼촌: 누(나)~는 이제껏 봐온 중에 요즘 제일 예쁘다. ㅎㅎ.
- 엄마: 얘가 구십 노인을 놀리네. 예쁘다니, 하하하!

별다른 내용은 없지만 옆에서 들으면 낯간지러운 멘트와 큰 웃음이 있다. 끝날 때는 "사랑해요!"하면서 두 손으로 큰 하트를 그리면서 통화가 종료된다. 엄마에게는 일요일의 주요 일과가 되었다.

문자하기

대구에 계시는 엄마 친구는 자주 좋은 글이나 재미있는 동영상이나 노래를 보내 주신다. 엄마는 요양사 선생님이랑 아침에 함께 보시기도 하고 혼자서도 시간 날 때마다 글이나 동영상을 수없이 돌려 보시기도 한다. 좋아서 다시 보고 기억이 안 나서 다시 보고.

한 번은 대구 친구가 크리스마스 캐럴 동영상을 보내주셨다. 병원에 입원한 소년에게 '북 치는 소년' 크리스마스 캐럴이 배달되는 내용의 동영상인데 제법 길이가 길다. 5분이 넘어가는 듯했다. 엄마가 동영상을 다 보셨길래 친구에게 고맙다고 댓글을 써 주시라고 했다.

– 엄마, 동영상을 보셨으니 잘 봤다고 댓글을 적어 주셔요.
– …그런데 뭘 봤지?

엄마는 기억이 안 난다며 똑같은 동영상을 수도 없이 돌려 보셨다.

단톡방이 있지만 친구 한 분만 열심히 자료를 올리시고 다른 분들은 대체로 보기만 하신다. 댓글 같은 건 없다. 그러나 보내 주시는 동영상이나 글이 친구의 마음을 대신 전한다.

Box 20

치매의 첫 신호는 사회적 신호다

치매의 위험과 관련해서 사회적 활동social activity, social engagement 또는 사회적 접촉social contact은 사회적으로 무슨 활동을 하는가가 아니고 집 밖에서 친구나 가족 또는 새로운 사람을 만나는 것을 말한다.

사회적 접촉을 측정하는 방법은 다양하다. 말 그대로 '얼마나 자주 친구나 가족을 만나는가?'를 물어보거나 때로는 실제로 한 사람의 사회적 연결망을 그리기도 한다. 일반적으로는 알던 사람이나 새로운 사람을 집 밖에서 만나는 것을 의미한다.

임상연구들은 제한적이지만, 사회적 접촉이 활발한 사람들이 치매의 위험이 낮고 반대로 사회적으로 고립되어 있을수록 치매의 위험이 더 높다는 관찰연구의 결과는 많다.

일상에서 사람을 대하는 태도가 바뀌는 것은 신체적, 정신적 건강의 지표가 된다. 대부분은 기억력의 저하가 치매의 첫 증상이라고 생각하지만 실제로 치매의 첫 신호들은 '사회적 신호'이다. 주의집중을 잘 못하고 감정이입이 잘 안되고 정서인지와 정서조절이 잘 안 되는 것이 치매의 사회적 신호이다. 가족이나 친구 중에서 이러한 변화가 느껴지면 인지검사를 받아볼 필요가 있다.

Box 21

사회적 접촉이 어떻게 치매와 관계될까?

사회적 접촉은 인지보유고를 증가시킨다

사회적 접촉은 신경세포 간 시냅스의 복잡성을 증가시켜서 인지보유고를 늘리고 그 결과로 치매의 보호 요인이 된다. 실제로 다른 사람과 사회적 관계를 맺는 것은 상당한 인지능력과 뇌 용량을 필요로 한다. 관계를 유지하기 위해서는 기본적으로 상대방과 만났던 기억, 서로 나누었던 대화의 내용을 기억해야 한다(일화기억). 또한 상대나 자신이 방금 말한 내용을 기억하는 작업기억 역시 필요하다. 대화를 위해서는 잘 듣고 이해하고 맥락에 적절히 반응하는 언어능력이 필요하다. 이에 더하여 대화에 수반되는 의식적·잠재의식적인 단서들(목소리의 톤, 눈맞춤, 신체언어)을 해석하는 능력 역시 필요하다.

사회적 접촉이 많은 것은 더 건강한 생활습관의 표시일 수 있다

사회적 접촉이 많은 사람은 지적으로, 사회적으로 더 활동적인 삶을 사는 사람일 수 있다. 물론 반대로 사회적으로 활동적이어서 사회적 접촉이 더 많아질 수도 있다. 어떠한 경우라도 사회적 접촉이 많으면 치매를 피할 수 있는 가능성이 높아진다. 반대로 사회적 위축은 치매 위험의 증가와 관계된다. 치매 진단을 받기 전에 사람들은 점점 사회적인 접촉이 줄어들기 시작하고 이것이 실제로 향후 치매 가능성에 대한 초기 신호이기도 하다.

사회적 접촉은 스트레스를 감소시킨다

사회적으로 적극적인 사람은 긍정적인 정서를 경험할 기회가 더 많다. 스트레스를 주는 사회적 관계도 존재하지만 친구들의 모임처럼 아무런 이해관계가 개입되지 않는 사회적 관계는 잠재적으로 스트레스를 줄여준다. 사회적 접촉은 스트레스 호르몬의 수준과도 관계되고 이는 뇌의 기능에 영향을 준다. 스트레스 호르몬인 코르티솔의 수준이 높은 노인들은 코르티솔의 수준이 낮은 노인들과 비교할 때 외현적 기억과 선택적 주의의 점수가 더 낮았다. 즉, 사회적 접촉은 노인들에게서 스트레스를 완화해 주고 인지기능을 향상시키는 효과가 있다.

Box 22

친구를 자주 만나는 사람은
치매의 위험이 낮다

영국 유니버시티 칼리지 런던University College London 의 연구팀은 화이트홀 II 종단 연구에서 10,228명의 자료를 분석하여 50대와 60대에 사회적으로 더 활동적이었던 사람들이 치매의 발병률이 더 낮은 것을 발견했다[46].

연구의 참여자들은 그들이 45세였던 1985년부터 28년 동안 6회에 걸쳐 친구와 친척들을 얼마나 자주 만나는지 사회적 접촉의 빈도를 묻는 질문에 답했다. 또한 인지검사를 지속적으로 받았으며 건강검진의 결과를 연구자들에게 제공했다.

결과에 의하면 60세에 친구를 매일 만나는 사람들은 몇 달 만에 한 번씩 친구를 만나는 사람들에 비해 치매의 발병률이 12% 더 낮았다. 이러한 효과는 친구들과의 접촉에서만 나타났고 친척들과의 접촉에서는 나타나지 않았다. 또한 중년에 사회적 접촉이 더 빈번했던 사람들은 그렇지 않은 사람들에 비해 인지검사의 점수도 더 높았다. 사회적 접촉이 높은 집단과 낮은 집단 사이의 인지적 차이는 평균 15년 동안 유지되었다.

결론적으로 28년간의 자료를 분석한 결과는 사회적 접촉이 치매 예방에 효과가 있다. 사회적 접촉이 빈번하면 인지보유고가 축적되고 이것이 치매의 발병을 지연시키거나 예방했을 가능성이 높다. 이 결과는 특히 치매의 발병 위험이 높은 사람들에게 사회적 접촉을 늘릴 것을 제안한다. 꼭 대면 접촉이 아니어도 된다. 예를 들어, 매일 인터넷을 사용하여 대화를 나눈 경도인지장애 환자들과 비교집단의 효과를 비교해 보면 12주 뒤에도 인터넷 대화 집단의 언어적 유연성이 더 높았다. 면대면 접촉이 제일 좋겠지만 인터넷을 이용한 디지털 접촉 혹은 전화로라도 꾸준히 사람들과(특히 친구라면 더욱 좋고!) 접촉을 유지하는 것이 좋다.

Box 23

손주 돌보기가 인지기능과 관계된다

중국의 한 연구에서 조부모들을 대상으로 손주 돌보기와 인지기능의 관계를 연구했다[47]. 이 연구에서는 45세 이상인 7,236명의 중국 조부모를 대상으로 했는데 53%가 손주를 돌보고 있었다. 손주를 돌보는 조부모들은 연간 평균 19주, 주 평균 33.4시간을 손수 양육에 쓰고 있었다.

결과를 보면, 참여자 가운데 대부분의 할머니들이 손주를 돌보고 있었으며 손주 돌보기가 인지에 도움이 되었다. 그 이유는 첫째, 조부모들이 손주의 양육과정에서 자신의 직간접적 경험과 지식을 전수하면서 사고, 학습, 추리 등의 다양한 인지기술을 연습하게 되고 이는 지적인 자극이 되었다. 둘째로는 조부모들은 놀이친구, 생활의 도우미, 지혜의 저장고, 대리 부모의 다양한 역할을 수행하게 되고 이는 서로 다른 인지기능을 강화한다. 예를 들어, 청소, 빨래, 식사 준비, 목욕시키기 등은 조부모의 이동성과 생리적 기능성뿐 아니라 일상생활의 수준을 향상시킬 수 있다. 셋째로 손주 양육은 스트레스가 인지에 미치는 영향을 완화시킬 수 있다. 노인들에게 손주 돌보기는 즐거운 경험이고 가족들과의 관계를 형성할 수 있는 기회이며 삶의 목적을 제공하고 개인적인 만족과 성장의 기회를 제공하고 우울의 위험을 줄여 주는 즐거움의 원천이다.

그런데 손주 양육의 강도와 빈도가 인지 점수와 관계있

었다. 집중적이고(주 40시간 이상) 규칙적인(연 26주 이상) 손주 양육보다는 덜 집중적이고 덜 빈번하게, 그리고 더 적은 수의 손주를 양육하는 경우에 인지기능이 더 좋았다. 이는 집중적이고 규칙적인 손주 양육이 더 많은 시간과 에너지를 필요로 하여 신체적으로 부담이 될 수 있고 조부모들에게 책임과 압박으로 여겨지며 몸과 마음의 건강을 해치고 조부모 양육의 긍정적인 효과를 상쇄할 수 있기 때문이다.

또한 흥미로운 성차가 발견되었는데 할아버지에 비해 할머니들이 더 집중적인 양육을 제공했고 인지 점수도 더 낮았다. 집중적이고 규칙적인 양육을 제공할 때 할아버지들만 인지점수가 더 높았다. 이는 할머니와 할아버지의 역할 차이로 설명할 수 있다. 집중적인 양육을 제공하는 할아버지들은 주로 놀이친구나 함께 재밋거리를 찾는 역할을 하는데 비해 할머니들이 집중적인 양육을 제공할 때는 식사, 옷 입히기, 목욕과 같은 일을 하게 된다. 결국 할머니들이 신체적으로 더 지치게 된다. 결론적으로 이 연구는 적당한 강도와 빈도로 손주 양육에 관여할수록 조부모들의 인지 점수가 더 높다는 것을 보여준다.

엄마의 일대일 과외 교사, 요양사

아빠가 편찮으실 동안 엄마는 우울증과 무기력증이 심했고 신체적으로도 쇠약했다. 아빠의 간병이 아니라면 일어날 힘도 없어 보였지만 엄마는 남은 힘을 모두 끌어내어 아빠를 돌보셨다. 아빠가 돌아가신 이후에 우리가 요양사에게 부탁한 건 엄마와의 산책과 인지훈련이었다.

지금까지 서너 분의 요양사가 오셨는데 대체로 청소, 식사준비는 하겠는데 앉아서 인지훈련은 못 하겠다고 했다. 엄마도 그 분들에게 마음을 열지 않으셨다. 일단 집에 모르는 사람이 오는 것이 싫고, 비용까지 지불하면서 모르는 사람하고 앉아서 얘기하며 시간을 보내는 것도 싫은 것이 이유였다.

가끔 CCTV로 보면 엄마는 안방에서 주무시고 요양사는 거실에 우두커니 앉아 있곤 했다. 한 번은 요양사와 산책하던 중 엄마가 요양사에게 돈을 주면서 다음부턴 오지 말라고 하신 적도 있단다. 엄마와 맞는 요양사를 찾는 것은 쉽지 않았다.

결국 서너 명의 요양사를 거친 후에 현재의 요양사를 만났다. 이 분은 내 또래로 웃음이 많고 시와 글 읽기를 좋아하고 엄마가 거부하셔도 기다릴 줄 안다. 다행히 치매교육도 받고 인지활동에 대해서도 잘 이해하고 계셨다.

요양사의 수업: 받아쓰기

요양사와의 일과는 대충 이렇다. 먼저 TV 뉴스를 시청한다. 요즘 일어나고 있는 일에 대해 엄마가 가끔 질문도 하시고 요양사가 설명도 한다. 그러고는 유튜브 동영상을 보고 체조를 한다(30분 정도). 그 다음은 요양사가 미리 뽑아 온 좋은 글이나 건강 정보를 읽고 이야기를 나눈다. 엄마는 주로 듣는 편이지만 가끔 치매에 좋다는 활동이나 음식 이야기에는 반응을 하신다. 그런 뒤에 핵심 내용을 노트에 필사한다. 구체적으로는 요양사 선생님이 큰 소리로 불러 주고 엄마가 받아쓰기를 하는 형식이다. 분량은 하루에 한 두 페이지 정도가 된다. 이렇게 노트 필기를 꾸준히 하니 처음에는 힘이

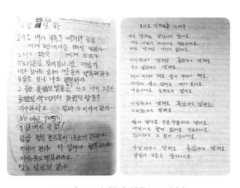

2019년 노트(좌)와 최근 노트(우)

없던 엄마의 글씨가 많이 안정되고 힘도 있어 보인다(사진).

　주변에 성경이나 불경을 필사하는 경우들이 있는데 필사가 소근육 운동뿐 아니라 인지기능 향상에도 도움이 될 듯하다. 홍콩의 한 연구에서 붓을 사용해서 한자를 쓰는 서예 훈련이 경도인지장애 환자들의 작업기억과 주의통제를 향상시키는 효과를 보여 주었다[48]. 받아쓰기는 들은 것을 다 쓸 때까지 기억하고 있어야 하기 때문에 청각 작업기억의 향상에도 도움이 된다. 그렇게 쓴 노트가 대여섯 권이 된다. 그리고 마지막은 카카오 톡 가족 단톡방에 짧은 시를 올리는 것으로 수업이 마무리 된다.

카카오톡 수업

　2013년부터 내가 엄마께 카카오 톡 쓰는 법을 종종 가르쳐 드렸다. 엄마는 카카오 톡 앱을 찾아서 자판이 나오게 하는 과정을 어려워하셨다. 자판이 나오면 가끔 자음, 모음만 톡으로 보내셨다. 그러다가 어느 날 갑자기 완전한 문장을 보내오셔서 모두들 깜짝 놀랐다. 막내 동생이 조카 수능 시험을 응원하면서 '이모'라고 했더니 "너희는 이모가 아니고 고모야 아버지의 형제니까 그러니 고모로 해서 파이팅 해 줘!"라고 올리셨다. 모두들 진짜 엄마가 쓴 거 맞느냐고 서로 물어 볼 정도로 대박사건이었다. 이후로도 종종 가족 단톡 방에 등장하시지만 또 다시 자음, 모음과 같은 뜻 모를 부호로 돌아가시기도 했다.

카카오 톡은 엄마의 일상생활에서 의미 있는 활동을 찾다가 생각해냈다. 집에 혼자 계셔도 카카오 톡으로 친구나 우리들과도 매일 소식을 주고받을 수 있으니 그보다 더 좋은 활동이 없을 듯싶었다. 익숙해지시기까지 꾸준한 반복연습이 필요했는데 요양사 선생님이 오시면서 2019년부터 본격적으로 연습을 할 수 있었다. 처음에는 하루 30분 이상 요양사 선생님과 자판 연습을 하셨다. 바로 10분 전에 했던 일도 잊어버리는 엄마의 증상 때문에 엄마가 자판사용을 배우실 수 있을지 선생님도 반신반의하는 마음이었다고 했다. 그러나 매일 반복하니 결국 자판을 기억하셨다. 요즘은 매일 시 한 편씩을 보내주신다.

물론 엄마가 카카오 톡의 모든 기능을 다 이해하시는 것

엄마

(국화꽃이피면)
망올마다. 담긴
가다림의
시간들을
실 바람이. 풀어헤치면.
노랗게. 물든.
그리움들이
가을을. 가득.
채우는시간. 흐르는 강.
물위에 잔잔한
파문을일으키는
너의. 맑은 눈빛이. 시린
하늘빛을. 닮아
가을을 마시고있다
그래. 우리
국화꽃이. 피면
세상 살이
잠시 접어두고
남은 그리움
펼치며가을을 묶어
버리자
노오란 꽃잎속에

동생

국화꽃피면
세상살이 접어두고..
가 참 운치있네^^

엄마 계절바뀌니까
건강조심요

엄마

(소나무향기)
아침 마다
향기에 잠이깨어
창문을 열고
기도 합니다
오늘 하루도
솔잎처럼 예리한
지혜와 푸른
향기로.
나의 사랑이
변함 없기를
세수하다 말고
비누 향기속에
풀리는. 나의. 아침에게
인사 합니다
오늘 하루도.
온유 하게. 녹아서.
누군가에게
향기를 묻히는
정다운 벗이기를
평화의노래 이기를

이해인

엄마

(먼훗일)
먼 훗날
당신이. 찾으시면
그때에. 내 말이
잊었노라
당신이 속으로
나무라시면
무척 그리다가
잊었노라
그래도 당신이
나무라시면
믿기지. 않아서
잊었노라
오늘도 어제도
아니 잊고
먼 훗날 그때에
잊었노라

김소월

동생

엄마 건강히^^

엄마가 가족 단톡방에 올린 시

은 아니다. 그래서 아직도 엉뚱한 내용이 단톡방에 올라오기도 한다. 매일 우리에게 시를 배달해 주시는데 나나 동생들이 이모티콘을 달면 엄마는 "얘는 아무 것도 안하고 이것만 기다리고 있나 봐!" 하시거나 "이게 일본에서도 볼 수 있구나!"하시면서 너무 좋아하신다. 엄마의 카카오 톡 사용을 보면서 경도인지장애 엄마도 매일 꾸준히 반복하면 배울 수 있다는 것을 경험했다. 지금까지의 엄마의 활동 중 (우리에게) 가장 만족도가 높은 활동이다. 또 엄마가 보내주시는 이해인 수녀님의 시나 다른 좋은 시들을 읽으면서 각자의 자리에서 때로는 위로를, 때로는 감동과 감사를 느낀다.

한 번은 엄마가 단톡방에 운세를 검색하신 내용이 올라왔다. 엄마가 원숭이띠시니 원숭이띠의 운세를 찾다가 단톡방에 잘못 올리신 듯했다.

엄마는 32년 12월 생으로 주민등록에는 33년생이지만 입춘을 기준으로 하는 띠로는 32년 원숭이띠이다. 그런데 1933년, 원숭이띠를 찾으니 해당하는 내용이 없었다. 또 이런 적도 있다. 엄마와 동생들의 카톡 내용이다.

엄마
나사실 오후 12:15

자녀1
뭐요 엄마 사실 ~~~~~? 오후 12:54

자녀2
ㅋㅋ 엄마~ 사실 뭔데? 오후 12:55

엄마
사실 아무것도 아니야 오후 12:57

자녀1
!!! 오후 12:58

자녀1
놀랐잖아요 어디 아프신가 하고 오후 12:58

엄마
안 아파 오후 12:59

자녀1
감사해요 항상♡♡ 건강하게 잘지내주시는거 오후 1:00
감사합니다

엄마
아프면. 누워 있지. 뭐가. 걱정이야 오후 1:01

자녀1
감사해요♡♡♡♡ 오후 1:01

소소한 즐거움, 여가활동

우리 가족이 아주 취약한 부분이 여가활동이다. 아버지는 나름대로 낚시, 바둑, 테니스, 골프 등등 원하는 활동들을 모두 하시면서 여가를 즐기셨다. 엄마는 정 반대로 집만 지키셨다. 그렇다고 집에서 하는 놀이나 여가활동을 즐기신 것도 아니었다. 젊을 때는 이런 목적 없는 '놀이'인 여가활동의 중요성을 몰라봤다. 이제는 이 놀이도 치매나 인지저하를 예방하려는 의도를 가진 활동이 되었다.

고스톱

재미있게 머리를 쓰는 방법이 없을까 찾다가 시도한 것

이 화투로 고스톱 치기이다. 엄마는 어렴풋이 고스톱 치는 방법을 기억하시는데 문제는 내가 고스톱을 모른다는 것이었다. 인터넷으로 고스톱을 배우다가 결국 남편을 강사로 모셔다가 간병인과 함께 특별 교육을 받았다. 엄마, 간병인, 내가 함께 화투를 쳐 보니 놀이 방법도 모르는 우리보다 엄마가 훨씬 더 계산도 잘 하시고 화투도 더 잘 치셨다. 엄마가 그리 좋아하시지는 않아서 명절 때 주로 한다.

TV 시청과 영화보기

엄마는 TV를 자주 보신다. 나도 자주 엄마 옆에서 TV를 보게 되는데 내가 안 보면 엄마도 곧 TV를 끄고 방으로 들어가신다. TV 내용이 잘 안 들려서 그러실 수도 있다. 최근에는 TV 스트리머라는 기기를 설치해서 무선 연결을 통해 보청기로 TV 소리가 전달되니 훨씬 재미있게 TV를 보시게 됐다. 옛날엔 일일 드라마도 챙겨 보신 걸로 아는데 내가 함께 있어 보니 주로 뉴스와 오락프로그램을 보셨다. 주로 한 방송을 틀면 채널을 돌리지 않고 계속 보신다. 뉴스 외에는 재미있게 보시는 프로그램으로 〈동물의 왕국〉이 있다.

뉴스는 거의 동일한 내용을 시간마다 하루에도 서너 번은 반복해서 보신다. 간혹 코멘트도 하신다. 거의 매일 TV에서 코로나 19에 대한 뉴스를 반 년 동안 보신 뒤에 "코로

나가 감기처럼 그런가 보지?" 하고 질문을 하셨다.

드라마나 영화는 줄거리가 이어져야 하는데 아마도 내용이 연결되지 않는 듯했다. 한 번은 뉴스를 보시던 엄마가 〈기생충〉을 보고 싶다고 하셨다. 난 이미 극장에서 봤지만 케이블에서 〈기생충〉을 찾아서 엄마랑 같이 시청했다. 영화가 다 끝나고 자막도 다 올라가고 〈기생충〉이라는 제목이 나왔다. 갑자기 엄마가 물으셨다.

– 이게 〈기생충〉이야? 우리나라 영화, 상 받았다는 거?
– 응. 그럼 뭔지 알고 보셨어요?
– 그냥 아무 생각 없이 봤어.

엄마는 내용도 모르겠다고 하셨다. 다음날 엄마는 〈기생충〉이 영화인지도 잊어버리셨다. 〈기생충〉을 본 사실도 잊어버리셨다. 〈기생충〉 영화를 보시겠냐고 여쭈어보니, "영화 안 본 지 너무 오래되어 영화에 관심이 없다"고 하셨다. 드라마를 보실 때 내가 내용을 여쭤보면 매번 "처음부터 안 봐서 무슨 내용인지 모르겠어." 하고 대충 얼버무리신다.

코로나 19로 사회적 거리두기를 하기 전에는 가끔 엄마를 모시고 영화를 보러가기도 했다. 영화관의 모든 사람들이 다 웃는 장면에서도 엄마는 무표정하게 계셨다. 한번은 자막이 나오는 〈파비안느의 진실〉이라는 외국 영화도 봤다.

자막이 나와서 안 들리시는 엄마가 더 잘 이해하실 줄 알았다. 영화를 보다가 잠시 엄마를 돌아보니 주무시는 것 같기도 하고 아닌 것 같기도 했다. 마침내 영화가 끝나고 나오려고 하는데 엄마가 말씀하셨다.

– 우리가 보려던 영화는 언제 나오니?
– 응? 엄마. 이게 우리가 보려던 영화예요.

알고 보니 엄마는 멀티플렉스 영화관 정면에 크게 걸린 다른 영화 사진을 보고 그 영화를 보는 줄 아셨던 거다. 이래저래 영화는 엄마에게 혼동스러운 여가활동인 듯했다. 요즘엔 스토리의 전개가 전통적인 드라마는 엄마가 조금씩 내용을 이해하시는 듯하다. 일일극에서 남녀 주인공이 처음 만나는 장면을 보시곤 하신 말씀이다.

– 저 여자는 그냥 저 남자랑 같이 살면 되겠다.

결국 그렇게 되었다!
최근에는 어릴 때 만화로도 보았던 〈빨간 머리 앤〉을 넷플릭스에서 봤다. 엄마랑 보기에 딱 좋은 훈훈한 내용에 캐나다의 자연도 힐링 그 자체였다. 또 자막이 있어서 귀가 잘 안 들려도 문제가 없었다. 이 드라마는 엄마가 이것저것 이야기도 많이 하면서 재미있게 보셨다.

또 한 번은 〈연애의 참견〉이라는 프로그램을 어찌나 열심히 보시는지 식사를 하시라고 해도 못 들으실 정도였다. 고민녀가 어쩌다가 만난 남자 친구의 엄마가 직장 상사, 그것도 아주 악명 높은 상사였다. 이 상사와 아들은 아주 각별한 모자 사이로 엄마가 아들의 데이트에 끼어드는 상황까지 생기게 된다. 남자 친구를 계속 만나야 하나, 말아야 하나가 고민이었다. 엄마가 식사를 하시면서 프로그램 내용을 먼저 꺼내셨는데 이런 일은 아주 드물었다.

– 아들이 좋아하는 아가씨가 알고 보니 엄마 직장의 직원이래.
– 정말 싫겠다.
– 아들이 엄마랑 아가씨 사이에서 고생하네. 엄마도 남편이 일찍 죽고 아들 하나 보고 살았는데.
– 엄마 생각엔 이럴 때 아들이 누굴 선택해야 할 것 같아요?
– 아들이 여자를 포기해야지. 세상에 여자가 하나뿐인 것도 아니고. 엄마랑 잘 지낼 수 있는 여자를 찾아야지.

엄마는 아주 몰입하셨던 것 같다. 내가 묻기도 전에 스토리를 요약해서 이야기를 꺼내셨다. 결혼, 고부간의 관계 등 엄마에게 익숙한 주제라면 엄마가 내용을 보고 이해하고 요약하고 생각을 정리할 수도 있을 듯하다.

병원 치료와 수술

엄마의 외출 중 90%는 병원진료다. 엄마는 비교적 건강한 편인데도 합가 이후에 다양한 수술을 받으셨다. 연세가 있으시니 수술을 해야 되나 말아야 되나의 결정도 쉽지 않았다. 아버지의 경우, 노인들은 병원에 입원해서 환경이 바뀌는 것만으로도 섬망과 같은 증상을 보이기도 했다. 또 전신마취 후 인지저하가 나타난다고 보고될 만큼 노인에게 수술은 몸과 마음이 힘든 일이다. 엄마는 무조건 '구십 노인'을 내세우시며 모든 수술을 거부하셨다. 이럴 때 당사자인 엄마의 의견을 존중해야 하나, 우리가 결정을 내려야 하나 혼돈스러웠다. 그러나 우리는 서서히 엄마의 '보호자' 역할에 익숙해졌고 엄마를 대신해서 어려운 결정을 내리게 되었다. 다행히 입원이 필요한 수술들이 아니었고 모두 무사히 끝났다.

보청기

엄마는 청각장애 2등급으로 보청기를 끼고 계신다. 보청기를 빼면 아무 소리도 들을 수가 없다. 차차가 짖거나 진공청소기를 틀어도 못 들으신다. 문제는 보청기를 끼셔도 잘 안 들려서 입 모양을 보면서 내용을 많이 짐작하신다. 그래서 친구나 친척이 전화를 해도 입 모양이 잘 보이지 않는 음성통화에서는 대화가 쉽지 않다. 엄마는 잘 안 들려서 그런지 말씀도 잘 안하신다.

– 엄마, 잘 주무셨어요?

– (엄마는 표정으로 그렇다고 끄덕이신다.)

– 엄마, 목소리를 좀 들읍시다.

– 하하…, 그래 목소리 아끼려고.

뭘 질문하면 손짓이나 표정으로 대답하는 경우가 많다. 내가 일부러 목소리를 좀 듣자고 해야 겨우 목소리를 내신다. 귀에 보청기를 끼고 계시니 아쿠아로빅처럼 물에 들어가서 보청기를 낄 수 없는 운동을 싫어하신다. 요즘처럼 마스

크를 끼고 게다가 모자까지 쓰고 계실 때는 보청기가 모자에 덮이고 말하는 사람의 입모양을 읽을 수가 없으니 거의 대화가 불가능하다.

- 엄마, 들리세요?
- 뭐라카는지 하나도 안 들린다.
- 보청기 배터리 갈고 청소 좀 해야겠네.
- ….

엄마의 청력 상실은 정확하게 언제부터 시작되었는지도 기억하지 못 할 만큼 오래되었다. 아마도 엄마가 60대일 때부터 시작된듯한데 당시 이비인후과에서는 원인을 찾지 못했고 치료 방법도 없다고 했다.

최근에 이비인후과를 방문해서 정말 방법이 없는지 알아보았다. 인공와우관 수술이 있다고 했다. 두피를 절개하고 와우 이식기를 심는 방법이다. 예상보다 큰 수술이었다. 엄마도 거부하셨지만 엄마의 연세를 고려하고 수술 후 적응 과정들도 만만치 않아서 동생들과 논의 끝에 하지 않기로 결정했다.

청력상실은 65세 이상 성인 3명 중 1명에게서 발생할 만큼 흔하지만 생활의 전반에 영향을 주고 최근에는 치매의 위험요인으로도 꼽혔다. 개인적으로도 엄마의 경도인지장애에는 청력상실의 영향이 분명히 있을 것이라 생각한다.

실제로 국내의 한 연구에서는 주관적 청력상실이 지속되면 치매선별검사의 점수가 급격히 낮아졌고, 6년 후에는 경도인지장애에 해당하는 24점 미만으로 감소하였다.[49] 대만의 한 연구에서도 청력상실은 치매위험과 관련이 있으며 특히 45~64세의 난청 집단에서 치매의 위험이 높았다.[50] 청력상실의 예방 또는 치료가 치매의 발생률을 9% 정도 낮출 수 있다는 보고도 있다.[51]

청력상실이 어떤 경로를 통해 치매에 영향을 주는가는 아직 분명하지 않다. 몇 가지 가능성은 생각해 볼 수 있다. 예를 들어 청각장애 환자는 더 잘 듣기 위해 의식적인 노력을 하게 되고 이것이 전두엽의 추가적인 인지부하를 초래한다. 그 결과로 기억, 집행기능과 같은 인지과정에 악영향을 줄 수 있다. 또한 청력상실이 뇌 수축을 초래하고 따라서 인지 보유고가 고갈될 수도 있다.

일부 전문가들은 청력상실이 치매에 미치는 영향에 대한 과학적 증거가 아직은 부족하다고 조심스럽게 결론을 내린다. 그럼에도 불구하고 조기(중년)부터 청력상실에 대한 검사와 치료를 권한다.[52] 일찍부터 청각보호에 관심을 갖고 청력상실이 발생했을 때에는 보청기를 비롯하여 다양한 청각보조 기구들을 사용하여 인지기능 저하 및 치매의 발생을 예방하는 것이 좋겠다.

임플란트

2018년 말부터 엄마는 이가 아파서 음식을 씹기가 힘들다고 하셨다. 아버지가 연하장애로 음식을 못 드셨기 때문에 식사가 얼마나 중요한지 우리는 잘 알고 있었다. 또 저작활동이 치매에도 영향이 있다고 믿었기 때문에 엄마의 치아 관리는 반드시 신경을 써야 했다. 반면에 노인들이 임플란트를 한 뒤에 이가 아파서 오히려 식사도 못하고 고생하신다는 이야기를 주변에서 여러 번 들은 적이 있어서 잘 견디실지 고민이었다.

2018년 말, 우선 치과에 가서 치아검사를 하고 상한 이를 발치했다. 엄마와 첫 번째 치과 방문이 기억난다. 당시 엄마의 이 상태를 본 의사가 엄마 대신 나를 보며 발치를 하는 것이 좋겠다고 이야기를 했다. (엄마는 얼굴에 초록색 천을 두르고 누워 계셔서 무슨 일이 일어나고 있는지를 모르셨다.) 내가 동의하자 의사는 발치를 진행했다. 엄마는 전혀 생각도 못 하고 있던 상황에서 발치를 하니 왜 멀쩡한 이를 뽑냐고 젊은 의사에게 화를 내셨다. 이후부터는 "이제부터 무엇 무엇을 하겠습니다."라고 의사나 간호사가 큰 소리로 엄마가 알아듣게 이야기해 드린 뒤 처치를 시작했다.

발치한 이가 아무는 것을 관찰한 의사가 엄마의 잇몸이 그래도 견딜 만한 것 같으니 임플란트를 몇 개만 하라고 추천했다. 엄마는 처음엔 당연히 "NO!" 하셨다. 엄마가 완강히 거부하셨지만 추진력 갑인 막내 동생이 마침 일본에서 들어와서 엄마를 모시고 치과를 방문하고 아예 임플란트 일정을 잡아 놓고 왔다. 그래서 2019년 7월부터 12월까지 5차에 걸쳐서 임플란트가 진행되었다. 중간에 9월에는 백내장 수술을 하는 바람에 잠시 임플란트의 진행이 지연되기도 했다.

엄마는 급한 대로 윗니 두 개를 심었다. 다행히 잇몸이 비교적 건강해서인지 아주 무난하게 진행되었다. 엄마는 치료하고 돌아 오시면서도 치과에 갔다 온 것을 잊어버릴 정도로 부작용은 없었다.

– 우리 어디 갔다가 오는 거지? 분명히 ㅇㅁ상가에 간 것 같은데 거길 왜 갔는지 기억이 안 나!
– 엄마, 혀로 입안을 더듬어 보세요. 뭔가 다르지 않아요?
– 응. 실이 없네. 우리 치과 갔다가 오는 거니?
– 네. 엄마, 오늘은 별로 안 아파서 기억이 안 나시나 봐.

엄마는 구십 노인이 뭐 하러 이는 고치냐고 하셨지만 엄마의 반대에도 불구하고 임플란트는 치아와 잇몸의 상태를 고려했을 때 잘 했다는 생각이다. 노인들은 음식 섭취가 너무도 중요하고 음식물을 잘 씹지 못해서 곧 건강이 나빠지고 인지저하에 영향을 줄 수도 있기[53]때문이다. 덕분에 지금은 모든 음식을 다 잘 드신다.

백내장 수술

2019년 9월 합가하자마자 정신없이 추석까지 지내고 나니 엄마가 눈에 뭔가 낀 것 같다고 하시며 눈을 자꾸 비비셨다. 가정의학과 진료에서도 의사 선생님께 눈이 안 보인다고 호소를 하셨다. 안경을 맞춘다고 동네 안과에 갔더니 백내장 수술을 해야 한다고 했다. 엄마 연세가 있으니 수술 시의 불상사를 대비해서 종합병원에 가라고 했다. 연세가 있으시니 수술이 제대로 될지 걱정되었다.

강남 성모병원에 가서 상담을 받았다. 90이 넘으신 할머니도 수술을 했다는 의사의 얘기를 듣고 동생들과 상의한 끝에 수술을 결정했다. 엄마께도 설명했지만 엄마는 수술 당일 동의서에 사인을 하시고도 무슨 수술이냐고 물으셨다.

수술은 30분 정도 밖에 걸리지 않았다. 생각보다 짧았지만 밖에서 기다리며 속이 탔다. 수술을 위해서 엄마가 보청기를 빼고 들어가셨는데 수술 중 움직이실까 걱정도 되었다. 이렇게 오래 기다리고 이렇게 빨리 끝날 줄이야! 엄마는 한 시간 뒤 마취가 깨서 나오셨다. 머리에 캡을 쓰고 한 눈은 안대를 한 엄마 모습을 보니 안심도 되고 귀여웠다. 혼자 씩씩하게 수술을 끝내고 오시니 또 대견했다.

수술 후 당일부터 안대를 끼셨지만 다른 불편은 없어 보였다. 문제는 수술 후 주의사항이다. 수술한 것을 잊어버리고 손으로 눈을 비비거나 물을 대거나 수술한 눈 쪽으로 돌아누우시면 안 된다. 수술한 날 밤에는 안대를 끼고 계시다가 금세 어디다 치우셨는지 안대를 찾느라 온 방을 헤집었다. 그리고 엄마가 수술한 눈 쪽으로 돌아누우시지 못하게 엄마를 붙잡고 잤다. 다음 날 아침 9시 50분에 다시 안과를 방문하여 눈 검사를 하니 수술한 오른쪽 눈 시력이 0.5가 나왔다. 의사 선생님 말로는 엄마의 눈동자가 작아서 수술이 어려웠으나 수술은 잘 되었다고 했다. 시력이 돌아오는 데 2개월이 걸린다는데 엄마는 나보다 시력이 좋으신 듯했다.

엄마는 수술 다음날 의사를 만나고 나오시면서도 "내가 언제 수술을 했니?"하고 물으셨다. 수술을 한 기억이 안 난다고 하셨다. 수술 후 1주일간 다양한 안약을 챙겨드려야 해서 정신을 바짝 차려야 했다. 칠판에 안약 스케줄을 적어놓고 투약을 하고 나면 하나씩 체크하곤 했다.

결과는 좋았다. 엄마는 현재 안경도 없이 신문이나 책을 보신다. 아직 한 쪽 눈이 좋지 않아서인지 TV를 보실 땐 눈을 찡그리시는데 바늘귀도 나 보다 더 잘 꿰신다. 내가 글씨가 안 보인다고 안경을 찾으면 "그런 것도 안 보여서 어쩌니!" 하신다. 나머지 한 쪽 눈의 수술은 더 경과를 보고 몇 달 후에 하자고 했으나 코로나 19로 계속 미뤄지고 있다.

일상의 활력소, 반려동물

한 번은 요양사가 수업 중에 엄마에게 감사의 대상과 내용을 노트에 적으라고 했다. 나는 방에서 귀를 쫑긋하고 들었다. 엄마가 누구에게 감사할까? 삼시세끼 준비로 고군분투하는 큰딸? 아님 언제나 보고 싶은 아들? 항상 세심하게 챙기는 둘째딸? 일본에 있는 막내 딸? 돌아가신 아버지?

엄마가 가장 감사한 대상은 바로 '차차'였다. 엄마는 '차차가 건강해서 감사하다.'라고 노트에 적으셨다. 차차는 엄마 집에 왔을 때 2개월이었는데 벌써 만 두 살이 넘었다.

차차가 처음 왔을 당시에는 아직도 상중이라 엄마는 차차가 눈에 들어오지도 않는다고 하셨다. 그러나 엄마가 슬픔에서 헤어 나오는 데 차차가 도움이 된 것만은 확실하다.

지금은 엄마가 가장 사랑하고 감사하는 가족 0순위가 되었다. 만약 엄마에게 차차가 없었다면? 상상하기도 힘들다.

하버드 의과대학에서 발행하는 잡지는 〈건강하고 싶으면 반려견을 기르자〉라는 제목으로 경도인지장애 환자들에게 반려견이 도움이 된다는 특집을 실었다[54]. 반려견이 도움이 되는 이유들을 정리해 보면 다음과 같다.

첫째, 반려견은 이상적인 운동 파트너이다. 한 연구에서 환자들에게 산책의 파트너로 배우자, 친구, 반려견 중 하나를 선택하게 했다. 결과를 보면 반려견을 선택한 사람들이 12주의 산책 프로그램을 가장 잘 지켰다. 환자들은 강아지에게 산책이 필요하다고 생각하고 강아지를 위해서 이 산책을 한다고 생각했고 산책을 즐겼다.

엄마와 산책 100회를 달성하고 이후에도 꾸준히 산책을 할 수 있었던 데에는 단연 차차의 공이 가장 크다. 엄마는 매번 산책을 가기 싫다고 하시지만 차차를 산책시켜야 하는 것은 아니신다. 무엇보다 '산책'이라는 말만 들으면 끙끙 낑낑대며 애원하는 눈초리를 보내는 차차를 모른 척 무시할 수가 없다. 게다가 확실히 차차를 데리고 나가면 산책이 덜 지루하다. 얼마나 더 걸어야 하는가를 생각하기보다 차차가 다른 강아지들과 인사하거나 쿵쿵대는 것에 신경 쓸 일이 더 많다. 엄마는 차차가 엄마를 끌어당겨 주는 것도 좋아하신다.

둘째, 반려견이 실제로 인지를 향상시킨다는 증거들이 있다. 2011년 이탈리아에서 80대 할머니들을 대상으로 한 연구가 있다. 결과를 보면 일주일에 90분을 강아지와 산책하고 강아지를 쓰다듬고 놀아 준 경우에는 강아지가 없었던 때보다 할머니들의 인지 점수가 상당히 향상되었다. 차차 덕에 엄마의 인지가 향상되었는지는 모르겠지만, 차차 덕분에 대화의 주제가 생긴 것만은 확실하다. 식구들이 모이면 차차가 돌아다니며 장난을 걸고 자연히 대화의 중심이 된다. 엄마는 차차를 안고 싶어도 약삭빠른 차차는 자기랑 공놀이를 해 주거나 마사지를 해 주는 사람을 좋아하니 엄마도 차차의 관심을 사기 위해 다른 사람을 관찰하고 고민하신다.

셋째, 반려견은 일상에 체계를 잡아 주고 일과를 만들어 준다. 강아지를 먹이고 배변 패드를 갈고 산책시켜야 하는 등의 일이 환자들에게 자신의 증상이나 걱정거리 외에 신경 쓸 거리를 만들어 준다. 이것이 상당한 '위약효과'를 가져다 줘서 내가 더 이상 아픈 사람이 아닌 것처럼 느끼게 만든다. 실제로 반려견과 함께 사는 사람들은 삶의 질이 반려견 덕분에 더 나아졌다고 보고한다.

넷째, 치매 환자들에게 반려견은 치료적인 역할을 한다. 연구에 의하면 알츠하이머형 치매와 다른 유형의 치매 환자들이 치료용 반려견과 함께 시간을 보낼 때 환자들의 불안, 슬픔, 또는 동요가 감소한다. 환자들은 더욱 정신이 맑아지고 유쾌한 정서가 증가한다고 보고한다.

이건 확실하다. 엄마는 차차랑 있으면 확실히 더 즐거워하신다. 반대로 속(위장과 기분)이 안 좋으실 때는 차차를 끌어안고 계시면 배도 따뜻하고 속도 편하시단다.

오늘도 어제도 아니 잊고
먼 훗날 그때에 잊었노라….

하루는 엄마가 김소월의 시 〈먼 후일〉의 한 구절을 되뇌시다가 뜬금없이 차차에게 고백하셨다.

할머니는 차차를 안 잊을 거야.

엄마는 기분이 좋으실 때나 화가 나실 때 모두 차차에게 이야기를 하신다. 또 차차를 꼭 껴안고 엄마의 짝사랑을 고백하신다.

넌 엄마 안 좋아하니? 엄마는 너 좋은데…,

엄마는 차차와 나를 자매로 만드시고(ㅎㅎ), 엄마의 사랑 고백을 받은 차차는 아랑곳하지 않고 나를 쫓아다닌다. 나는 엄마의 사랑을 독차지하는 차차를 은근히 질투하고 엄마는 나를 질투하신다. 우린 영원한 삼각관계다.

차차가 엄마에게 주는 위로는 이 보다 더 많지만 반면에 소소한 '문제'도 있다. 특히 차차의 사료주기는 여전히 문젯거리다. 엄마가 10분 전에 사료를 주시고도 빈 그릇을 보면 "차차 배고프겠다." 하시며 또 사료를 주시기 때문이다. 밤에도 물을 드시러 나오셨다가 사료를 주시고 시도 때도 없이 사료를 또 주신다. 나는 방에 앉아 있다가도 그릇에 사료 붓는 소리만 나면 자동으로 뛰어나간다.

또 강아지 전용 사료대신 예전에는 사람이 먹던 밥을 줬기 때문에 아직도 그 생각이 있으시다. 요즘도 내가 안 보면 먹던 반찬을 주시거나 먹던 밥을 비벼서 차차에게 주셔서 내가 잔소리를 하게 만드신다. 그럼에도 불구하고 차차가 없는 엄마의 일상은 상상하기 힘들다.

chapter 4

엄마와 살다 보니 비로소 보이는 것들

생활습관의 변화가 중요하다

엄마와 함께 산 지 2년이 지났다. 최근 1년은 코로나 19의 영향도 있어서 외부 출입이 거의 없이 말 그대로 '집콕'의 생활이었다. 요즘은 코로나 백신도 맞고 격리 상태가 전보다는 나아지니 미술 전시와 음악회를 다녀왔다는 친구들의 이야기가 들린다. 잘 돌아다니지 않는 나로선 부럽기도 하고 다른 세상 얘기 같기도 하고 한편으론 나도 엄마 모시고 나가도 되는데 원래 잘 안다니는 성격이 여실히 드러나는구나 싶기도 하다. 그렇게 엄마랑 집 안에서 꼭 붙어 있다 보니 나의 관심이 확실히 변했다. 얼마 전까지도 젊은이들을 부러워하며 어떻게 하면 늘어진 눈꼬리와 피부를 당겨 올리고 지나가는 젊음을 붙잡을까 생각했는데 이제 내 관심사는 '앞으로 노년을 어떻게 살까?'가 되었다. 이제까지 남의 얘기로만 들리던 '노년'이 엄마 덕분에 내 일로 여겨지기 시작했다. '나이 듦'을 인정하고 나니 앞으로 남은 노년의 세월동안 어떤 일이 벌어질까 궁금하고 설레기도 한다. 지금까지 좀 부족하고 억울한 것이 있었어도, 초대하지 않아도 어김없이 공평하게 찾아오는 그 '나이 듦'이 또 하나의 기회로 보이기도 한다. 노년을 설레는 마음으로 잘 맞이하기 위해서 준비해야 할 것들이 있다.

올해 102세가 되신 철학자 김형석 교수님은 우리 또래 나이 든 사람들에게 BTS와 같은 존재이다. 100세가 넘으신 나이에도 몸도 정신도 맑고 아직도 책을 쓰고 강연을 다니신다. 요즘은 TV에도 자주 나오셔서 부쩍 유명해지셨다. 친구들이 모이니 자연스레 김형석 교수님의 건강 비결에 대한 이야기가 나왔다.

– 그 교수님은 평생 건강검진 한 번 안 받으셨대! 걱정 하지 마!

이렇게 말하는 낙천적인 친구도 있다. 그러나 김형석 교수의 무릎 관절을 치료해 온 한의학 박사 박진호 원장의《김형석 교수의 백세 건강》이란 책을 보면 병원을 멀리하라는 말은 절대 아니다. 김형석 교수님은 어릴 때부터 너무 병약해서 죽음의 고비를 여러 번 넘겼다. 그 결과로 건강한 사람들에 비해 더 일찍 건강과 죽음에 대해 터득하셨다고나 할까?

박진호 원장이 드는 교수님의 건강 비결은 크게는 목표가 있는 삶, 구체적으로는 평상시의 좋은 습관이다. 예를 들어, 매일의 심호흡과 명상, 규칙적인 생활과 수영, 사색과 고른 식사, 일을 사랑하는 자세와 긍정적 사고가 그 비결이라고 했다.

여기서도 하루아침에 건강해지는 마술 같은 비결은 없다. 평소의 생활습관부터 시작해야 한다. 경도인지장애나 치매 같은 질병도 마찬가지다. 하루아침에 생기는 병이 아니다. 이런 복병을 만나지 않으려면 평소에 챙겨야 할 것들이 있다.

일찍, 조기 진단 | 인터넷에 검색을 해보면 아직도 경도인지장애의 80%가 5~6년 안에 치매로 진행한다고 나와 있지만 최근의 종단연구들에 의하면 50% 이상이 유지 또는 정상으로 회복된다. 하지만 조기 진단이 필수적이다. 일찍 발견하고 진단을 받으면 일찍부터 관리가 시작될 수 있다. 긴가민가하며 미루다 보면 처치를 할 수 있는 시간을 함께 놓치게 된다. 손가락이 부러지면 곧장 병원에 가는 것처럼 뇌에 이상이 생겨 행동이 변화할 때에도 지체 없이 진단을 받고 진행 상태를 확인하는 것이 좋다.

같은 질문을 되풀이 하거나 평상시와 달리 냉장고나 집안 정리가 제대로 되지 않고 뭘 자꾸 잃어버릴 때에는 진단을 받아 보는 것이 중요하다. 혹시 간이 정신상태검사^{mmse}와 같은 간이 검사에서 정상으로 나오더라도 의심쩍은 증상이 지속된다면 신호등에 노란불이 켜진 것쯤으로 생각하면 좋다. 식사, 운동, 인지활동에 신경을 쓰면서 계속 변화를 살피는 것이 필요하다.

꾸준히, 생활습관의 관리 | 조기 진단 후에는 최신의 과학 정보를 바탕으로 꾸준한 관리가 필요하다. 지금까지의 연구 결과들로는 경도인지장애에서 중요한 것은 약보다 생활습관이다. 운동, 식사, 수면, 스트레스의 꾸준한 관리 없이는 어떤 약도 인지저하를 치료할 수는 없다.

엄마와 함께 살아 보니 이런 활동들을 '꾸준히 하기'가 생각보다 쉽지 않다. 엄마가 간병인과 사실 때 내가 산책을 좀 더 꾸준히 시켜달라고 부탁한 적이 있다. 그때 간병인이 엄마가 안 한다고 거부하시니 산책시키기가 힘들다고 했다. 그때는 그런 것을 할 수 있어야 간병인이지 생각했다. 정작 함께 살아 보니 그 말이 맞았다. 같이 살아 보니 따로 살면서 가끔씩 산책을 할 때보다 엄마는 나의 산책 요청을 매번 쉽게 거절하였다. 요즘도 거의 매일 산책을 하려하지만 흔쾌히 산책을 나가시는 날은 별로 없다. 매일 산책을 위한 새로운 평계를 만들어 내야 한다.

인지활동도 마찬가지였다. 나는 인지발달을 전공한 사람이고 인지훈련 프로그램을 만드는 일을 했다. 그러나 막상 엄마와 꾸준히 인지활동을 하는 것은 쉽지 않았다. 엄마가 즐겁게 따라주셨으면 좀 나았겠지만 엄마는 뭐든 다 싫다고 하셨다. 결국 가장 효과적인 방법은 나는 "체조를 합시다.", "스마트폰을 사용해 봅시다." 같은 제안을 하고, 실행은 요양사에게 맡기는 것이었다. 그런 점에서 요양사 자격증을 따서 부모를 직접 돌보는 사람들이 정말 존경스럽다. 나는 엄마에게 뭘 가르치려 들면 흔쾌히 따라 주지 않는 엄마에게 화도 내고 잔소리도 많이 한다. 그래서 오히려 모르는 사람을 가르치는 편이 낫겠다고 생각한 적이 여러 번 있다. 자식도 직접 가르치기가 어렵지만 부모는 더욱 어렵다!

독특한, 나만의 방법 찾기 │ 엄마의 경우에는 거의 대부분의 활동을 내가 주도해서 엄마를 설득하는 방식으로 이루어졌다. 엄마가 스스로 하시고 싶은 활동을 찾아서 하신다면 얼마나 좋을까 생각한 적도 많다. 실제로 환자 스스로 자신의 상태를 알고, 하고 싶은 것을 찾아내면 가장 좋다. 내가 경도인지장애에 대해 많이 배웠던 미국 블로그가 있다. 이 블로그에는 50~60대 경도인지장애 환자 본인들이 직접 정보를 구하고 자신의 경험담을 올린다. 연령대가 거의 내

나이의 비교적 젊은 환자라서 그런지 환자 자신들이 적극적으로 정상인지로 돌아가기 위해 노력하고 실제로 회복되어 일을 다시 시작하게 되었다는 성공 사례들도 종종 공유한다. 이렇게 환자 자신이 주도적이고 적극적으로 회복의 방법을 모색한다면 당연히 가장 효과적이다.

그러나 그들의 방법들을 그대로 엄마에게 적용하기는 쉽지 않다. 환자가 처한 상황, 연령, 성격, 건강, 돌봄 가족의 상황…, 이 모든 것을 고려해서 자신에게 맞는 방법을 찾는 것이 필요하다. 예를 들어, 엄마는 노래 부르기를 별로 즐겨하지 않으시지만 요즘 트로트를 부르며 위로를 받는다는 사람들이 주변에 많다. 무엇이 되었든 환자 본인이 좋아하고 본인들에게 의미 있는 활동들을 찾아서 꾸준히 하는 것이 좋다.

미리미리, 50~60대부터 | 아버지는 황반원공으로 한쪽 눈이 거의 보이지 않는 상태가 되어 그렇게 좋아하시던 골프를 80대 초반에 그만 두셨다. 그 후부터 엄마, 아빠를 모시고 대안이 될 만한 신체활동을 찾아 다녔다. 시니어 센터, 주민 센터, 문화센터 등 노인을 위한 다양한 프로그램들을 찾아봤지만 70~80대에 시작하기에 마땅한 운동은 없었다. 그런 아버지가 유일하게 관심을 보이신 것은 의외로 '댄스'였다. 두 분 다 주기적으로 외부 활동이 필요하고, 춤이 운동도 되고 순서를 외워야하기 때문에 노인들에게 좋다는 이야기를

드렸더니 아버지는 댄스에 흥미를 느끼셨다. 그러나 그건 마음뿐, 당시 걷기도 불안한 아버지가 기초부터 시작할 수 있는 활동은 아니었다. 그 때 든 생각이다. 나이 들어서도 계속 하고 싶은 활동이 있다면 적어도 5, 60대에는 시작을 해야 한다.

겪어 보지 않으면
아무도 그 사정을 모른다

친구가 《Walk Two Moons》라는 책을 소개해줬다. 작가가 포춘 쿠키에서 발견한 문장이 그 책의 주제다.

Don't judge a man, until you walk two moons in his moccasins.

그 사람의 처지가 되어 실제로 경험해 보기 전에는 절대로 그 사람에 대해 이렇다 저렇다 속단하지 말라는 말이다. 또 우연히 한 모임에서 알게 된 존 모피트의 시 〈어떤 것을 알려면〉에도 그런 표현이 있다.

만일 당신이 어떤 것에 대해 알고자 한다면

그것을 오랫동안 바라보아야 한다.

나무를 바라보면서

"이 나무에 봄이 왔다"라고 말하는 것으로는 충분하지 않다.

당신은 당신이 바라보는 그것이 되지 않으면 안 된다.

그것이 되어보지 않으면 그것에 대해 알 수 없다. 합가 초기에 우연히 인터넷에서 치매노인을 돌보는 사람들의 카페를 알게 되었다. 거기에 매일 올라오는 치매 환자를 돌보는 가족들의 어려움을 읽으면서 치매환자의 돌봄가족에 대한 연구도 시작하게 되었다.

언제 끝날 지도 모르고, 치료제가 없으니 갈수록 더 심각해지는 환자의 증상으로 이미 심신이 지친 가족들은 유전적으로도 생활습관에서도 치매의 위험요인들을 환자와 공유할 가능성이 높다. 실제로 치매의 위험이 가장 높은 고위험군이다. 이들 중에는 직장을 다니면서 혹은 아이를 키우면서 동시에 환자를 돌보는 젊은 돌봄가족들도 상당수였다. 퇴근 후에 친정어머니 집에 들러서 식사랑 이것저것을 챙기고 집으로 돌아가는 젊은 엄마, 주말부부라 주중에는 혼자서 폭력적인 치매 시어머니를 모시는 아내도 있다. 그래서 돌봄가족 중에는 몸도 힘들지만 환자의 폭언과 폭력으로 인한 우울증으로 자신들도 치료가 필요한 힘든 경우가 많았다. 이들이 올리는 글을 보면서 돌봄가족들의 정신건강을 위해 뭐라도 해야겠다는 마음으로 연구를 시작했다.

연구를 시작하는 단계에서 치매 환자의 돌봄 가족들로부터 이렇게 저렇게 피드백이 들어왔다. 그들이 호소하는 내용은 비슷하다. 돌봄이 힘든 것은 환자 때문만은 아니다. 환자를 돌보는 것 자체도 힘들지만 더 힘든 것은 다른 가족들의 참견이라는 거다. 어쩌다 독박케어를 하게 되었는데 다른 형제들이 도와주지는 않으면서 이래라저래라 잔소리하며 마음을 괴롭히고, 거기에 경제적인 문제까지 겹치면 더더욱 힘들어진다.

피를 나눈 가족들도 환자를 직접 돌보는 그 상황이 되어보지 않으면 모른다. 남의 상황을 잘 모르니 짐작으로 이래라저래라 하면서 이미 힘든 사람들을 더 힘들게 한다. 반대도 마찬가지다. 나는 이렇게 힘이 드는데 경제적으로도 심적으로도 여유 있어 보이는 다른 형제들은 왜 거들떠보지도 않을까 속상하고 야속하지만 또 그들의 상황은 그들만이 아는 것이다.

이들과 비교하면 나의 상황은 돌봄제공자라는 말을 쓰기도 미안하다. 실제로 경도인지장애의 경우에는 돌봄제공자caretaker, 부양자라는 말을 사용하지 않는다는 전문가도 있다. 메이요 클리닉의 기억 강의에는 '경도인지장애 환자와 그의 동반자partner'라는 표현을 쓴다.

내가 경험해 보니 경도인지장애는 그 나름대로 어려움이 있다. 멀리서 보면 정상인 듯 보이고 잠시 이야기해 보는 것만으로는 아무런 문제도 없는 것 같지만 같이 살아 보면 작은 문제가 아니다. 경도인지장애 환자들은 일상생활이 가능하지만 엄마처럼 연세가 많으시면 식사 준비나 약 복용에 도움이 필요할 수 있다. 경도인지장애의 돌봄가족 혹은 동반자들은 이런 '애매함'에서 오는 어려움이 있다. 치매이건 경도인지장애이건 환자를 돌보는 돌봄 가족들과 환자들을 위해 내가 중요하게 생각하는 몇 가지 있다.

첫째, 특히 함께 살며 환자를 장시간 돌보는 돌봄 가족은 먼저 '자기 돌봄'이 중요하다는 것을 알아야 한다. 돌봄에서 오는 부담과 스트레스는 돌봄 가족에게 우울이나 불안, 심지어는 신체적 증상을 야기한다. 돌봄 제공자가 신체적으로, 정신적으로 취약한 상태라면 환자를 즐거운 마음으로 돌보기 힘들고 자연히 환자의 상태도 악화된다. 결국 환자가 시설에 입소하게 되는 시기를 앞당기게 된다. 게다가 돌봄 가족들은 환자를 모시고 이 병원, 저 병원 다니다가 보면 정작 자신의 병원 예약을 잊기도 한다. 돌봄 가족들이 정기검진도 꾸준히 받고 자신의 몸을 먼저 케어하지 않으면 자신뿐 아니라 환자에게도 그 영향이 미친다는 것을 명심하고 자신의 몸을 돌봐야 한다.

둘째, 유급 간병인들이 일주일에 한 번씩 휴가를 갖는 것처럼 돌봄 가족들도 자신을 위한 셀프휴가를 줄 필요가 있다. 이를 위해서는 가족이나 다른 사람들에게 부탁도 필요하고 번거로운 일들이 많지만 셀프휴가를 당당히 선언할 필요도 있다. 내 경우에도 2~3달에 한 번씩은 여행을 떠났다. 물론 그 기간 동안 나를 대신해서 엄마의 식사를 준비하고 약을 드리도록 동생들의 스케줄을 맞춰야 한다. 엄마를 돌보겠다고 나선 내 입장에서는 그런 부탁을 하는 것도 마음이 편한 것은 아니지만 그런 수고를 할 가치가 있다.

또 가끔은 자신을 위한 작은 선물도 필요하다. 좋아하는 과자와 커피가 될 수도 있고 순대가 될 수도 있다. 조용한 산책 시간이 될 수도 있고 친구들과의 수다 시간이 될 수도 있다. 행복은 강도가 아니라 빈도가 더 중요하다고 한다. 자신을 위한 소소한 행복의 시간을 스스로 만들 필요가 있다.

셋째, 어떤 것을 제대로 알려면 그것이 되어 봐야 한다는데 다행히 사람들의 관계에서는 '소통'을 할 수 있다. 물론 소통이 쉬운 것은 아니다. 때로는 말을 해도 들리지 않을 때도 많다. 듣지 않고 성급하게 속단하고 지레짐작하는 일들도 많다. 간병을 하면서 형제들과 다시는 보지 않는 사이가 되는 경우도 허다하다. 일단 지레짐작하고 속단하기 전에 마음을 털어놓고 사정을 서로 들어 보는 것이 최우선이다. 모든 것이 다 '되어 볼' 수는 없겠지만 최소한 내가 이해하지 못하는 사정이 있다는 것을 인정만 해도 내 마음이 편해진다.

행복한 이별도 있다

얼마 전 둘째 고모가 돌아가셨다. 엄마보다 두 살 아래인데 오랫동안 암 투병을 하셨다. 자주 뵙지는 못 해도 한동안은 좋아지셨다는 소식도 들렸다. 2년 전 아버지 첫 기일에 집에 오셨을 때는 얼굴빛도 좋아 보였다. 그 때 고모를 뵌 것이 마지막이었다.

장례식장 영정 사진 속에서 고모는 활짝 웃고 계셨다. 고모네 식구들도 모두 편안하고 침착해 보였다. 사촌 동생이 그간 우리가 모르고 있었던 고모의 병력을 상세히 들려 주었다. 고모는 거의 20년 전에 신장에 암이 생겨서 신장 하나를 제거하셨다. 그리고 몇 년이 지나서 다른 신장에 또 암이 생겼다. 이번엔 방사선 치료를 받으셔야 했다. 그 후 암이 림

프선을 통해 몸의 여기저기 40 군데에 퍼졌다. 병원에 입원과 퇴원을 반복했다. 상태가 심각했다. 그러다가 4년 전에 신약을 투약하기 시작해서 마지막 4년은 집에서 고통도 없이 잘 지내셨다고 했다.

사촌동생이 고모를 모시면서 얻은 교훈을 들려주었다. 그것은 의사의 지시를 잘 따르라는 것이다. 의사가 지시한 내용을 제대로 따르지 않고 먹으라는 약을 안 먹거나 마음대로 다른 약을 먹거나 의사를 자주 바꾸면 급한 일이 생겼을 때 의사도 어쩔 수가 없다는 것이다. 고모는 긴 투병 기간 동안 모든 과정을 의사와 면밀히 의논하여 진행하며 도움을 받았고 의사는 학계에 보고할 만한 케이스를 얻었다고 했다.

중요한 내용이었다. 의사의 지시를 충분히 따르는 일도 쉽지 않지만 그렇게 함께 걱정해 주고 관심을 가져 줄 의사를 만나는 일도 쉽질 않다. 그 외에도 몇가지 부러운 점이 있었다. 그 중 첫째는 가족들이 합심하여 환자를 지원한 것이다. 고모부와 사촌들 모두 합심해서 고모의 치료에 대한 결정을 내리고 물심양면의 지원을 아끼지 않았다. 20년의 투병이면 의료비도 만만치 않았을 테지만 모두 아낌없이 지원하는 데 동의하고 실행했다. 형제간 잡음 없이 조용히 고모를 모셨다. 고모의 간병을 통해 가족이 더 똘똘 뭉치고 하나가 된 듯이 보였다.

두 번째는 고모의 성격도 한 몫 했을 듯싶다. 고모는 병원에 입원해서 환자노릇을 하기보다 집에서 투병을 하시며 가능한 한 하루하루를 활동적으로 사셨다. 교회 일에도 열성이셨고 자리에서 일어날 힘이 있는 한 열심히 사람들을 만나고 하고픈 일들을 하셨다. 생이 얼마 남지 않았다는 것을 알면 자포자기하거나 아니면 반대로 하루하루가 너무 중요해서 허투루 보내지 않게 될 것이다. 고모는 다행히 후자였다. 한 연구를 보니 대부분의 치매 환자들은 가능한 한 자신의 집에 살기를 원하고 네덜란드의 경우에는 70%의 치매 환자가 지역사회에서 살고 있다.[55] 집에서 환자를 돌볼 수 있도록 환자와 돌봄가족을 위한 훈련 프로그램에 대한 연구도 활발히 진행 중이다. (예: more at home with dementia program) 주변에는 어느 나이가 되면 다 정리해서 요양원에 들어가겠다는 사람들도 더러 있지만 나는 엘렌 랭어의 〈시계 거꾸로 돌리기〉 실험에서 보여준 것처럼 내가 결정하고 마지막까지 가능한 한 내 손으로 일상을 영위하며 살 수 있길 바란다. 그러기 위해서는 최소한의 일상을 내 손으로 꾸릴 수 있도록 몸과 마음의 건강을 유지하고자 최선을 다 할 것이다.

세 번째는 편안한 임종의 과정이다. 고모는 병원에서 돌아가셨지만 연명치료거부 의사를 분명히 밝히셨다. 병원은 사람을 살리는 것이 목적이니 환자나 가족의 입장보다는 연명에 그 의의를 둔다. 그 결과로 사랑하는 사람들과 가족들의 품속에서 평안하게 '돌아가시는' 기회도 쉽질 않다. 고모는 그런 면에서 행복하셨다. 돌아가시기 얼마 전에 입원하셔서 자식과 손자녀들을 모두 만나셨다. 미국에 이민 간 사촌동생도 입국해서 2주 동안 고모 곁에서 머물며 시간을 가졌다. 어찌 보면 연명치료를 거부함으로써 자신의 마지막 순간까지 미리 준비하고 자신이 결정하신 셈이다. 이정도면 웰다잉이라고 할만 했다. 병이 있어도 그 한계 내에서 충분히 삶을 누리고 마지막까지 잘 정리하고 가신 것이 부러웠다. 나도 그렇게 살다 가면 좋겠다. 그러려면 남은 삶을 어떻게 살아야 할까?

나의 노후

엄마를 보면서 가끔 나의 노후를 생각해 본다. 30년 후 쯤 나는 어떻게 살고 있을까? 어디에서 살고 있을까? 그때까지 살아 있다면 난 딸이 없으니 당연히 자식과 함께 살고 있진 않을 것이다. 아마 딸이 있다고 해도 나같이 잔소리하는 딸과는 살고 싶지 않을 것 같다. 남편과 함께 살거나 아님 혼자 살고 있으려나? 궁금하다.

이렇게 노후가 궁금하니 요즘은 다른 노인들이 어떻게 사는지 눈여겨본다. 특히 예전에는 보지 않던 노인들이 나오는 TV의 다큐프로그램도 유심히 본다. 한 번은 아흔이 넘어서도 혼자 사시는 할아버지가 주인공이었다. 엄마도 옆에서 같이 보시면서 한 말씀 하신다.

– 그 나이에도 정정하네…. 그런데 왜 혼자 살지? 자식들이 안 모
   시나?

엄마는 그 나이가 되면 당연히 자식들이 함께 살며 모셔
야 된다고 생각하고 계신다.

– 그 친구는 아들이 둘인데, 글쎄 그 아들들이 모두 결혼하더니
   다 나가서 살잖아. 그래서 친구 혼자 살지.
– 이 친구는 몸이 불편해서 딸하고 같이 산대.

엄마에게 노인은 혼자 사는지 혹은 자식, 그것도 아들과
사는지로 두 부류로 나뉜다. 당신은 아들이 아닌 딸과 살아
서 2등급이다. 요즘은 하도 주변에서 딸과 사는 것이 좋다고
하니 "딸이라서 이런 건 편하다!" 하시며 억지로라도 받아
들이셨다.

지금부터 10년 전쯤 한국의 40~60대에게 가까운 사회
적 관계에 대해 질문한 연구가 있다.[56] 이 연구에 참여한 분
들이 지금은 50~70대가 되어 있겠다. 이 연구에서는 '당신
은 누구와 함께 시간 보내기를 좋아하는가?(근접추구 기능),
기분이 좋지 않거나 힘들 때 누구에게 위로를 받으려 하는
가?(안전한 피난처 기능), 당신이 항상 의지할 수 있는 사람은 누
구인가?(안전기지 기능)등을 물었다. 결과를 보면 연령에 관계

없이 40~60대 남성들은 모든 질문에 '아내'를 가장 많이 지목했다. 아내가 모든 연령대 남편들의 안전 기지이자 피난처이자 함께 있고 싶은 대상이었다.

반면에 여성들은 달랐다. 의지하고, 위로받을 수 있는 사람으로는 '남편'을 가장 많이 지목했지만(단, 60대는 위로받을 수 있는 대상으로 자녀) 함께 시간을 보내고 싶고 떨어져 있기 싫은 사람으로는 자녀(50대 제외)를 가장 많이 지목했다. 심리적 애착이 남편과 자녀로 나뉘어 있었다. 이는 서구와 달리 한국 여성들의 행복 중에 '자녀복'의 비중이 큰 것과도 일맥상통한다. 허긴 친구들이 만나면 그동안 자녀들의 신상변화(결혼, 직장, 출산 등)에 대해 시시콜콜 보고하고 점검하는 시간을 빼놓을 수 없다. 그러니 이들보다 나이가 훨씬 더 들고 남편도 없는 우리 엄마에게는 자식들, 그 중에서도 '아들'이 안전기지이며 피난처이며 '가까이 하고 싶은 당신'일 것이다.

그러나 요즘은 반대 기류도 심상치 않다. 내 주변에는 '혼자 사는' 할머니들이 확실히 늘고 있다. 남편과 사별하고 혼자 남은 할머니들이 자식과 함께 살기보다는 혼자 살기를 선택한다. 심지어는 건강이 좋지 않아서 걱정이 되니 자식들이 모시겠다는 데도 자식들에게 '짐이 되고 싶지 않아서' 한사코 혼자 살기를 고집하는 경우도 많다. 대신 가까이 사는 이웃들, 취미생활을 공유하는 다양한 연령의 사람들을 사귀고 도움이 필요할 때는 요양사, 간병인 등 주변의 도움을 받으면서 독립적으로 살길 원한다. 앞으로 노후에 '혼자 살 겠다.'는 사람은 더 많아질 듯하다. 자식들에게 짐이 되고 싶지도 않지만 '자식이 짐이 되는 것'도 원치 않아서 이기도 하다. 혼자서는 도저히 지낼 수 없을 나이가 되면 다 정리하고 요양원으로 들어가겠다는 친구들도 많다. 점점 자식 대신에 주변 사람들이나 시설로 관심을 돌린다.

그런데 혼자 살거나 요양원에 사는 것보다 더 두려운 것은 어디에 살든 살아 있어도 죽은 것처럼 하루하루를 보내는 것이다. 그런 의미에서 WHO에서 바람직한 노년의 모델로 제시한 '활동적 노년'Active Aging의 모습은 참 매력적이다. 활동적 노년은 심신의 건강을 최대한 유지하면서, 자신의 일상에서 일어나는 크고 작은 일들(내 집에 살지, 요양원에 들어갈지)을 자신이 결정하고(자율성), 공동체 내에서 타인의 도움을 받지 않거나 최소한으로 받으면서 일상적인 생활을 하는 (독립성) 노인이다. 여기서 '활동적'이라는 말은 단순히 신체적으로 활동적이거나 노동을 할 수 있는 능력만을 의미하는 것이 아니다. 경제적 활동뿐 아니라 사회적, 문화적, 영적, 그리고 공적인 일들에 지속적으로 참여하는 것을 의미한다. 예를 들어, 종교 활동이나 봉사활동을 하거나 취미생활이나 자기계발 활동, 집 안에서 손자를 봐 주는 것도 모두 참여하는 활동이다. 다양한 '참여'를 통해 '활동적'이 될 때 노인이라도 고립되지 않고 존재의 의미가 있을 것 같다. 개인적으로 '참여'의 의미가 중요하게 느껴진다. 퇴직을 했거나 아프거나 장애가 있어도 참여를 통해 '활동적 노년'이 될 수 있다. 엄마는 종교 활동, 봉사활동, 어떤 '활동'도 지금은 참여하지 않으시지만 그 존재만으로 나를 움직이게 하는 '활동'에 '참여'하셨다. 내가 '노년'에 관심을 갖고 이 책을 쓰고 나의 연구 주제를 완전히 바꾸는 데 '참여'하셨다. 나도 건강을 유지하면서, 아니 좀 덜 건강하더라도 가족과 이웃에 보탬이 되는, '참여'하는 삶을 산다면 멋진 노년이 될 것 같다. 몇 년 전에 본 영화 〈인턴〉의 70세 인턴처럼 내가 젊은이들보다 더 빠르고 더 건강하지 않아도 어떻게, 누구에게 쓸모가 있을지, 그를 위해 어떤 활동에 참여할지 고민해 봐야겠다.

9988!

거의 비슷한 시기에 여러 단톡방에 동시에 올라온 동영
상이 있다. 엘리자베스 테일러, 알랭 들롱 등 세기의 명배우
들의 나이 든 얼굴에서 과거 전성기의 얼굴까지를 보여주는
내용이다. 친구들의 반응은 다양했다.

"서글프고 덧없다"
"늙으면 다 똑같다"
"배우들 이름이 반도 기억이 안 난다."

한 때는 세기의 미남과 미녀들도 이젠 똑같이 쭈구렁 할
머니, 할아버지가 된 얼굴을 볼 때 세월의 덧없음과 함께 늙

음의 공평함도 느낀다. 한동안 '9988'이라는 소망을 담은 인사가 유행했었다. 99세까지 건강하고 팔팔하게 살다가 아프지 말고 갑자기 죽고 싶다는 소망을 담은 말이다. 심리학에서도 한 때 성공적 노년은 '신체적인 질병이나 질병과 관련된 장애가 없는 것', '높은 수준의 신체적, 정신적 기능을 유지하는 것', 그리고 '적극적인 삶을 살아가는 것'으로 정의했다.[57] 이 세 가지 조건을 충족시키기 위해서는 지속적인 준비를 해야 하고, 이러한 상태를 노년기 동안 유지하는 것이야말로 성공적인 노년의 목표라고 생각했다.

그러나 한림대학교 고령사회연구소에서 65세 이상 노인을 대상으로 설문 조사한 결과에 의하면, 아픈 곳이 없고 움직임에도 장애가 없는, 의학적으로 건강한 노인은 5.3%에 불과했고, 삶의 만족도가 높은 심리학적으로 건강한 노인은 18.8%, 그리고 활발한 활동을 하는 사회적으로 성공한 노인은 18.4%였다. 결국 세 영역 모두를 만족시키는 '성공한' 노인은 아주 극소수에 불과했다.[58] 심리적 건강과 사회적 성공은 둘째치더라도 65세가 넘어서도 몸이 건강한 사람은 100명 중 5명꼴이라니 나머지 95명은 당뇨나 고혈압, 파킨슨, 치매 등의 질병을 하나쯤은 가지고 있는 셈이다. 무병장수는 거의 불가능하다고 봐야 한다. 주변을 둘러 봐도 나이가 들면 병 하나쯤은 모두 갖고 있다. 엄마처럼 기억에 문제가 있을 수도 있고 당뇨나 투석으로 누워 계시는 분도 많다.

건강하지 못하고 병이 있는 대다수의 노년은 모두 불행한 걸까? 다행히도 그렇지는 않은 것 같다. 행복에 관한 연구들에 의하면 객관적인 건강지표는 행복과 상관이 그리 높지 않고 주관적 건강지표가 오히려 행복과 상관이 높다. 암 같은 심한 질병에 걸린 사람과 건강한 사람 간의 주관적 안녕감의 차이는 생각보다 그리 크지 않다.[59] 그 이유는 병이 생기고 몇 달이 지나면 바뀐 건강 상태에 금방 습관화되어 둔감해지고(적응) 또 자신보다 더 나쁜 상태의 사람과 비교하기 때문이다(하향비교).

심리사회적 발달단계 이론으로 유명한 에릭 에릭슨Erik Erikson이 8단계 이론을 만들었을 때 그는 50대였다. 원래 이론에서 마지막 8단계는 지금까지의 삶을 회고하며 후회하거나(절망) 혹은 삶의 의미를 찾고 지혜를 얻는(통합)의 단계이다. 그런데 에릭슨 자신이 50대를 넘어 92세까지 살면서 당연히 생각이 변했다. 에릭슨이 죽고 난 다음에 그의 아내 조안 에릭슨Joan Erikson이 남편 에릭슨의 생각을 반영해서 노년 후기인 아홉 번째 단계를 추가했다. 수정된 이론에 의하면 80, 90대에 해당하는 노년 후기는 노화로 인해 그동안 발달하며 쌓아왔던 모든 성취(신뢰, 자율성, 주도성, 근면성, 자아정체성 등)가 한꺼번에 사라질 수도 있는 시기이다. 마치 판도라의 상자를 열 듯이 이 시기에는 불신, 수치심, 죄책감, 열등감, 자아혼란 등을 모두 마주하게 된다. 더 이상 자신의 기억도 믿지 못하고 때로는 식사나 배변과 같은 기본적인 기능조차 남에게 의존하게 되니 수치감을 느낄 수도 있다. 한참 사회에서 일하던 중년기처럼 더 이상 일을 열심히 해서 생산적일 수도 없으며 자신이 누구인지 자아정체성도 분명치 않다.

조안 에릭슨은 노년후기를 보내는 가장 현명한 방법은 '겸손히 현실을 받아들이는 것'이라고 했다. 이를 '초월'이라는 개념으로 설명하는데 노년초월gerotranscendence60은 지금까지의 가치관을 초월하는 것이다. 젊을 때의 물질적이고 이성적인 가치관에서, 보다 우주적이고 초월적인 시각으로, 세상을 바라보는 시각을 변화시킨다. 자기중심적인 가치관에서 벗어나 타인, 다른 세대와의 연결성을 생각한다.

노인들은 인생이라는 무대에서 감독과 주연 배우의 자리에서 물러나 조연과 엑스트라가 되었다. 그러나 노년초월의 노인들은 오히려 극 전체를 살필 수 있는 지혜가 생기고 작품을 보는 안목이 생기게 된다고 할까? 앞서 말한 동영상에 나온 세기적인 배우들도 노년초월의 경지에 들어섰다면 자신의 변화를 받아들이고 젊음이 사라졌다고 절망하지 않았을 것이다. 노년초월의 삶을 사는 사람들은 병이 있어도 신체적 기능이 떨어져도 한 때의 미모가 사라져도, 나이가 들수록 인격이 성장하고 삶의 만족도가 높아진다. 99세까지 88하지 못하더라도 걱정 없다. 나 중심의 관점을 바꾸어 초월적인 삶을 살면 행복할 수 있다.

엄마와의 일상

산책을 나가시던 엄마가 아파트 정문 앞 시계를 보시더니 말씀하셨다.

- 벌써 한 시가 넘었구나!
- 엄마, 한 시가 아니라 이제 두 시예요.
- 유경아!(엄마가 내 이름을 부르실 땐 심각한 이야기거리가 있을 때이다.) 우리 점심 먹었니?
- 엄마, 우리 점심 먹었잖아요. 점심 먹고 나오는 거잖아요..
- 그래? 난 기억이 안 나. 우리 점심에 뭘 먹었니?
- 밥! 이래서 할머니들이 며느리가 밥 안주고 굶긴다고 하나 봐요! 하하.

– 하하.. 그런가 보다. 난 기억이 안 나거든.

　엄마는 방금 드신 식사도 기억 못하신다. 함께 저녁을 먹은 손자 방에 가서 꼭 "너 저녁 먹었니?"하고 챙기신다. 그리고 나한테 "쟤 저녁 먹었니?" 재차 확인하신다.

– 엄마, 오늘은 점심에 삼계탕 먹었잖아요.

　정확한 메뉴를 대니 어쩔 수 없이 수긍하시는 눈치다. 엄마의 기억은 더 나아지지도 않고 여전하시다. 이젠 우리 가족들 모두가 이 정도는 익숙해졌다.

– 오늘은 안 나가면 좋겠다. 위험한데 안 나가면 안 되니?
– 왜요? ㄱㅎ네 집에서 만나니까 괜찮아요. 시내로 안 나가요.
– 너무 무섭고 걱정돼서 그래.
– 엄마, 그건 40년 전 일이에요. 지금이 아니라구요.
– 도착하면 전화해라. 우리 집 전화가 잘 안되니, 핸드폰으로 전화해라.
– 엄마! ㅅ서방에게 전화할게요.

　TV에서 5·18 다큐멘터리를 보시던 엄마가 친구 집에 놀러 간다는 나를 보며 걱정하신다. 엄마는 TV 속 상황과 현재를 혼동하시는 걸까? 엄마에게 나는 아직도 40년 전의 불안한 여대생으로 보이나 보다. 엄마는 불금을 즐기는 손자들도 왜 빨리 집에 안 들어오는지 이해가 안 된다.

– 애들한테 전화해 봐라!
– 엄마, 오늘은 모두 늦게 온다고 말했어요.
– 그래? 몇 시까지 온다고 했니?

엄마는 해만 떨어지면 커튼을 치고 문단속을 하신다. 그리고 초저녁부터 안 들어오는 손자들을 기다리신다.

한 번은 엄마가 허리가 아파서 산책은 못 가신다면서 누우셨다. 꾀병 같기도 아닌 것 같기도 하다. 차차는 이미 산책 준비를 마치고 이제나 저제나 하며 심하게 꼬리를 흔들고 눈치를 보고 있었다. 할 수 없이 차차만 데리고 산책을 다녀오니 엄마가 스마트폰의 동영상을 보여주셨다. 아마도 어버이 날 즈음에 엄마 친구가 보내주신 동영상 같다. 제목이 〈가장 받고 싶은 상, 엄마 밥상〉이다. 당시 초등 6학년이던 이슬이란 이름의 어린이가 어머니가 하늘나라로 가신 뒤에 엄마가 차려주시던 세끼 밥상을 그리워하는 내용이다. 난 몇 년 전에 본 적이 있다.

아무것도 하지 않아도

짜증 섞인 투정에도

어김없이 차려지는

당연하게 생각되는

그런 상

하루 세 번이나

받을 수 있는 상

아침상 점심상 저녁상

받아도 감사하다는

말 한마디 안 해도

되는 그런 상 (이하 생략)

동영상의 시를 다 읽었다. 초등학생 딸이 돌아가신 엄마의 밥상을 그리워하는 내용인데 이걸 왜 내게 보여주시는 걸까?

- 엄마, 이 시는 왜? 나한테 고맙다고?
- 그래, 삼시세끼 차려줘서 고맙다고.
- 엄마, 고마우면 산책을 열심히 해야지. 난 엄마 산책이 내 숙제 같은데….

난 고맙다하시는 엄마에게 오히려 산책을 안 나가셨다고 툴툴댔다. 그리고는 꼭 돌아서서 후회를 한다. 내 마음은 그게 아닌데, "내가 더 고마워요, 엄마!"하고 안아드리고 싶은데 꼭 면전에서는 이렇게 말이 나간다.

합가 한지 2년이 넘은 지금도 엄마는 방금 식사한 것을 잊어버리고 밖에 나간 아이들을 걱정하며 기다리시고 내게는 삼시세끼를 차려줘서 고맙다 하신다. 나는 엄마에게 툴툴거리고 곧 후회하고 뒤늦게 감사한다. 엄마는 이 모든 일을 곧 다 잊어버리시겠지만 난 엄마의 매 순간을 기록하며 아직 엄마께 툴툴거릴 수 있음을 감사하며 산다.

일상의 기적

박완서 시인의 '일상의 기적'이란 시가 있다. 두 눈을 뜨고 두 다리로 땅 위를 걸어 다니는 너무도 사소하고 당연한 일들이 아프고 나니 '기적'이란 것을 알게 되었다는 내용이다. 한 번씩 몸이 고장 나기 시작하는 우리 나이에는 너무나 공감하는 내용이다. 그러고 보니 엄마는 요즘 그 굉장한 기적들을 계속 이루고 계시는데 내가 깜빡하고 잊고 있었다. 감사할 줄 모르고 당연하게 생각하고 지나간 기적들을 찾아봤다.

첫 번째, 엄마가 웃으시니 감사하다. 나라 잃은 표정으로 멍하니 허공만 보고 계시는 엄마의 모습을 보면 가슴 한 구석이 콕콕 찌른다. 엄마가 얼마나 유쾌하고 명랑한 분인데

하는 생각이 들어서 마음이 아프다. 그러던 엄마가 요즘은 달라지셨다. 봄이 되어 그런지 산책을 나가면 보는 꽃마다 멈추어 "예쁘다!", "최선을 다해서 피느라고 애썼다."고 칭찬하고 사진 찍어두라고 하신다. 또 요양사 쌤이 준비해온 유머를 읽으며 내 방까지 소리가 들릴 정도로 하하호호 눈물까지 흘리며 웃으신다. 엄마의 웃음소리와 환한 얼굴이 너무 감사하다.

두 번째는 엄마가 식사 준비와 집안일을 거들어 주시니 감사하다. 간병인과 사는 동안 집안일을 손에서 완전히 놓으셨던 엄마는 이제 식사준비도 도와주시고 청소도 도와주신다. 내가 어쩌다가 식사 준비에 늦으면 엄마가 식탁을 차린다거나 나름대로 미리 준비를 해놓으신다. 내가 청소기를 돌리면 차차를 안고 자리를 피해 주시거나 창문을 열고 청소를 도와주신다. 때론 나와 일하는 방식이 맞지 않을 수도 있지만 엄마가 집안일에 관심을 가져 주시는 것이 감사하다.

세 번째, 엄마가 아직 우릴 알아봐 주시니 감사하다. 엄마는 여전히 5분 전에 차차에게 밥을 줬는지, 저녁을 벌써 먹었는지 안 먹었는지도 기억하지 못하신다. 때로는 손주 이름 대신에 '저 방에 있는 애'라고 부르시기도 하신다. 그러나 아직 우리 얼굴을 알아보시고 이름을 불러 주시니 너무 감사하다.

네 번째, 엄마가 걸어서 산책을 할 수 있으니 감사하다.

엄마 나이에 무릎이 아픈 사람이나 자리에서 일어날 수 없는 분들도 많다. 산책로에 나가 보면 휠체어에 앉거나 보행기를 밀며 산책을 나온 분들도 더러 보인다. 엄마가 만약에 잘 걷지 못하셨더라면 산책이 훨씬 힘들어졌을 것이다. 옛날엔 무릎이 아프다고 하셨는데 요즘은 30분 정도의 산책은 가능하다. 엄마가 차차랑 함께 걸어서 산책할 수 있으니 다른 운동을 못 해도 최소한의 건강관리가 되는 듯하다. 감사한 일이다.

다섯 번째, 엄마가 스마트폰을 배우시니 감사하다. 아직 조작이 완벽하진 않지만 스마트폰을 들고 와서 작동을 물어봐 주시는 것도 감사하다. 엄마가 스마트폰으로 매일 보내주시는 시를 읽으며 나도 시를 좋아하게 되었다. 우울하거나 걱정스럽던 마음도 아침의 좋은 시 한 편으로 다 날아간다. 엄마가 스마트폰의 카톡을 쓰시니 재미있는 일도 더러 생긴다.

여섯 번째, 엄마가 아무거나 잘 드시니 감사하다. 이건 진짜 감사할 일이다. 난 평생 음식은 맛보다 에너지 보충을 위해 먹는다는 생각으로 살아왔다. 때문에 빨리 준비하고 간단히 먹을 수 있는 음식이 내겐 최고다. 그런 내가 준비해 드리는 음식을 엄마는 다 잘 드신다. 내 식성이 엄마를 닮았는지 남편은 젓가락도 잘 대지 않는 새로운 음식도 엄마는 나랑 같이 잘 드신다. 때로 주말에 식사 준비가 안 되어 김밥과 떡볶이를 시키거나 다른 배달 음식을 시킬 때도 있다. 마음속으로 너무나도 죄송한데 엄마는 또 아이처럼 맛있다고 감탄하시며 잘 드신다. 우리 엄마의 최대 장점 중 하나다.

일곱 번째, 엄마가 잘 주무시니 감사하다. 요즘은 그래도 주무시는 시간이 좀 늦어졌지만 아버지와 함께 계실 때는 저녁만 드시면 9시 전에 벌써 주무신다고 들어가셨다. 합가 후 얼마동안, 그리고 우울증 약을 줄이기 시작할 때 한동안 12시까지 안 주무시고 자꾸 나오셔서 많이 힘들었던 적이 있다. 잠이 부족하니 엄마는 낮에도 기운이 없고 컨디션이 좋지 않으셨다. 다행히 요즘은 9시 경에는 방에 들어가셔서 스마트폰을 보시다가 10~11시 경에는 주무신다. 덕분에 나는 엄마에게서 퇴근하고 저녁에 운동도 하고 내 시간을 가질 수 있다. 감사한 일이다.

여덟 번째, 나의 신경질을 받아 주시니 감사하다. 엄마가 자꾸 똑같은 얘기를 반복하실 때 내 마음이 번잡하면 잘 못 들어 드린다. 글로 쓸 때는 내가 엄마께 아주 차분히 얘기하는 것 같지만 실상은 거의 소리를 지를 때도 있다. 그리곤 엄마께 이렇게 화를 내다니 하고 곧 후회를 한다. 최근에는 엄마의 똑같은 질문에 대답하다가 소리를 지르고선 금방 사과를 드린 적이 있다.

– 엄마, 소리를 질러서 죄송해요. 엄마가 5분마다 똑같은 질문을 계속하니까 내가 목소리가 자꾸 커져요.

– 그래, 엄마가 기억이 이래서 자꾸 물어보게 된다…. 그래도 딸이니까 소리라도 지르지 며느리는 소리도 못 지르겠지?

엄마의 대답이 나를 더 죄송하게 만들었다. 딸이니까 소리라도 지른다고 이해해 주시니 얼마나 고맙고 감사한지!

아홉 번째, 나의 노후에 대해 생각할 기회를 주시니 감사하다. 엄마와 아버지를 옆에서 보면서 나의 관심사가 유아에서 노년으로 바뀌었다. 나이가 든다는 것에 대해 그냥 막연하게 생각하던 것이 이젠 아주 구체화 되었다. 그렇다고 명쾌한 해결책이 있는 건 아니지만 나의 노년을 위해 지금부터 준비해야 할 것들을 생각하게 되었다. 또 앞으로 하고 싶은 일도 생겼다. 경도인지장애에 대해 내가 경험한 것을 나누고 싶다. 블로그도 한 방법이고 책을 쓰는 것도 그중 한 방법이다. 경도인지장애 환자를 대상으로 치매 예방 프로그램도 연구하고 싶고 치매와 경도인지장애 환자들의 보호자들을 위해서도 도움이 되고 싶다.

열 번째, 무엇보다 엄마가 옆에 계셔 주시니 좋다. 그동안 엄마께 받은 건 많은데 제대로 돌려드릴 마음의 여유가 없이 살아왔다. 이제라도 엄마를 더 알아가고 엄마를 사랑할 시간을 허락해 주셔서 최고로 감사하다.

이렇게 적다 보니 잘 먹고, 잘 자고, 잘 걷고, 잘 웃고, 잘 들어 주고, 무엇보다 옆에 계셔 주시는 것, 이 사소한 일들이 사실은 굉장한 기적이었다. '일상의 기적' 시 속에서 '기적은 하늘을 날거나 바다 위를 걷는 것이 아니라, 땅에서 걸어 다니는 것이다'라는 구절이 마음속에 오래도록 맴돈다. 오늘도 이 사소한 일상의 기적에 감사한다.

각주 및 참고문헌

1 보건복지부 & 중앙치매센터 (2019). 대한민국 치매현황.

2 Petersen, R. C., Doody, R., Kurz, A., Mohs, R. C., Morris, J. C., Rabins, P. V., Ritchie, K., Rossor, M., Thal, L., & Winblad, B. (2001). Current concepts in mild cognitive impairment. Archives of Neurology, 58(12), 1985–1992. https://doi.org/10.1001/archneur.58.12.1985

3 Petersen, R., Smith, G., Waring, S., Ivnik, R., Tangalos, E., & Kokmen, E. (1999). Mild cognitive impairment: Clinical characterization and outcome. Archives of Neurology, 56, 303–308.

4 강윤희, 황선아, 박금주 (2015). 경도인지장애 노인의 인지기능 회귀와 관련 요인: 종단적 코호트 연구. 성인간호학회지, 27, 6, 656–664.

5 권용철, 박종한 (1989). 노인용 한국판 MMSE-K[Mini Mental State Exam (Korea)]의 표준화 연구 제1편: MMSE-K 개발, 신경정신의학 28(1), 125–135.

6 Mukadam, N. (2018). Improving the diagnosis and prediction of progression in mild cognitive impairment. International Psychogeriatrics, 30(10), 1419–1421. doi:10.1017/S1041610218001692

7 Weissberger, G., Gibson, K., Nguyen, C., & Han, D. (2020). Neuropsychological case report of MCI reversion at one-year follow-up. Applied Neuropsychology: Adult, 27, 3, 284–293, DOI: 10.1080/23279095.2018.1519510.

8 강윤희, 황선아, 박금주 (2015). 경도인지장애 노인의 인지기능 회귀와 관련 요인: 종단적 코호트 연구. 성인간호학회지, 27, 6, 656–664.

9 Shimada, H., Doi, T., Lee, S., & Makizako, H. (2019). Reversible predictors of reversion from mild cognitive impairment to normal cognition: a 4-year longitudinal study. Alzheimer's Research & Therapy, 11(1), 24. https://doi.org/10.1186/s13195-019-0480-5

10 Kliegel, M., Martin, M. (2010). Prospective memory research: Why is it relevant? International Journal of Psychology, 38(4), 193–194.

11 Bailey, P. E., Henry, J. D., Rendell, P. G., Phillips, L. H., & Kliegel, M. (2010). Dismantling the "age-prospective memory paradox": The classic laboratory paradigm simulated in a naturalistic setting. Quarterly

Journal of Experimental Psychology, 63(4), 646–652. https://doi.org/10.1080/17470210903521797

12 Anderson, N. D., Murphy, K. J., & Angela, K. (2008). Living with mild cognitive impairment (p. 300). Oxford University Press. Kindle Edition.

13 Joubert, S., Gardy, L., Didic, M., Rouleau, I., & Barbeau, E. J. (2021). A meta-analysis of semantic memory in mild cognitive impairment. Neuropsychology Review, 31(2), 221–232. https://doi.org/10.1007/s11065-020-09453-5

14 Carstensen, L. L., & Mikels, J. A. (2005). At the intersection of emotion and cognition: Aging and the positivity effect. Current Directions in Psychological Science, 14(3), 117–121.

15 Hamdy, R. C., Kinser, A., Depelteau, A., Lewis, J. V., Copeland, R., Kendall-Wilson, T., & Whalen, K. (2018). Repetitive Questioning II. Gerontology & Geriatric Medicine, 4, 2333721417740190. https://doi.org/10.1177/2333721417740190

16 선택적 세로토닌_재흡수_억제제. 신경전달물질을 조정하여 주요 우울장애, 광장공포증을 수반하거나 수반하지 않는 공황장애, 사회불안장애(사회공포 증), 범불안장애, 강박장애의 치료에 사용된다.

17 Lim, A. S., Gaiteri, C., Yu, L., Sohail, S., Swardfager, W., Tasaki, S., ... & De Jager, P. L. (2018). Seasonal plasticity of cognition and related biological measures in adults with and without Alzheimer disease: Analysis of multiple cohorts. PLOS Medicine, 15(9), e1002647.

18 Koblinsky, N. D., Meusel, L. A. C., Greenwood, C. E., & Anderson, N. D. (2021). Household physical activity is positively associated with gray matter volume in older adults. BMC Geriatrics, 21(1), 1–10.

19 Romero-Moreno, R., Losada, A., Marquez, M., Laidlaw, K., Fernández-Fernández, V., Nogales-González, C., & López, J. (2014). Leisure, gender, and kinship in dementia caregiving: psychological vulnerability of caregiving daughters with feelings of guilt. Journals of Gerontology Series B: Psychological Sciences and Social Sciences, 69(4), 502–513.

20 Moreno-Jiménez, E. P., Flor-García, M., Terreros-Roncal, J., Rábano, A., Cafini, F., Pallas-Bazarra, N., Ávila, J., & Llorens-Martín, M. (2019).

Adult hippocampal neurogenesis is abundant in neurologically healthy subjects and drops sharply in patients with Alzheimer's disease. Nature Medicine, 25 (4), 554–560. https://doi.org/10.1038/s41591-019-0375-9

21 Katzman, R., Terry, R., DeTeresa, R., Brown, T., Davies, P., Fuld, P., Renbing, X., & Peck, A. (1988). Clinical, pathological, and neurochemical changes in dementia: a subgroup with preserved mental status and numerous neocortical plaques. Annals of Neurology, 23(2), 138–144. https://doi.org/10.1002/ana.410230206

22 Diamond, M. C., Krech, D., Rosenzweig, M. R. (1964). The effects of an enriched environment on the rat cerebral cortex. Journal of Comparative Neurology, 123, 111–119.

23 World Health Organization. (2019). (Rep.). Risk reduction of cognitive decline and dementia: WHO guideline. World Health Organization. Retrieved September 5, 2021, from http://www.jstor.org/stable/resrep27919

24 Livingston, G., Huntley, J., Sommerlad, A., Ames, D., Ballard, C., Banerjee, S., ... & Mukadam, N. (2020). Dementia prevention, intervention, and care: 2020 report of the Lancet Commission. The Lancet, 396(10248), 413–446.

25 '신체활동은 에너지를 필요로 하는 골격근의 사용'이다. 이에 비해 '운동 (exercise)'은 신 체활동의 한 종류인데 '체력 구성요소를 향상'시키려는 목적으로 만들어진 신체 움직임이다(네이버 지식백과). 여기서는 '신체활동'과 '운동'을 혼 용해 서 사용하기로 한다.

26 Dearing, T. (2020). I Want My Mind Back: The Go Cogno Approach to Halt or Reverse Mild Cognitive Impairment (p. 62). Independent. Kindle Edition.

27 Blumenthal, J. A., Smith, P. J., Mabe, S., Hinderliter, A., Lin, P. H., Liao, L., Welsh-Bohmer, K. A., Browndyke, J. N., Kraus, W. E., Doraiswamy, P. M., Burke, J. R., & Sherwood, A. (2019). Lifestyle and neurocognition in older adults with cognitive impairments: A randomized trial. Neurology, 92(3), e212–e223. https://doi. org/10.1212/WNL.0000000000006784.

28 Stephen, R., Hongisto, K., Solomon, A., & Lönnroos, E. (2017). Physical activity and Alzheimer's disease: a systematic review. The Journals of

Gerontology: Series A, 72(6), 733-739.

29 Hamer, M., & Chida, Y. (2008). Physical activity and risk of neurodegenerative disease: a systematic review of prospective evidence. Psychological Medicine, 39, 3-11.

30 Song, D., Yu, D., Li, P., & Lei, Y. (2018). The effectiveness of physical exercise on cognitive and psychological outcomes in individuals with mild cognitive impairment: A systematic review and meta-analysis. International Journal of Nursing Studies, 79, 155-164.

31 World Health Organization. (2019). (Rep.). Risk reduction of cognitive decline and dementia: WHO guideline. World Health Organization. Retrieved September 5, 2021, from http://www.jstor.org/stable/resrep27919

32 Thomas, B. P., Tarumi, T., Sheng, M., Tseng, B., Womack, K. B., Cullum, C. M., Rypma, B., Zhang, R., & Lu, H. (2020). Brain perfusion change in patients with mild cognitive impairment after 12 months of aerobic exercise training. Journal of Alzheimer's Disease : JAD, 75(2), 617-631. https://doi.org/10.3233/JAD-190977

33 유산소운동: 조깅, 달리기, 수영, 자전거 타기, 에어로빅댄스, 크로스컨트리, 마라톤 등이 속한다(네이버 지식백과).

34 Demurtas, J., Schoene, D., Torbahn, G., Marengoni, A., Grande, G., Zou, L., Petrovic, M., Maggi, S., Cesari, M., Lamb, S., Soysal, P., Kemmler, W., Sieber, C., Mueller, C., Shenkin, S. D., Schwingshackl, L., Smith, L., & Veronese, N. (2020). Physical activity and exercise in mild cognitive impairment and dementia: An umbrella review of intervention and observational studies. Journal of the American Medical Directors Association, 21(10), 1415-1422. e6. https://doi.org/10.1016/j.jamda.2020.08.031

35 DASH 식단(Dietary Approaches to Stop Hypertension)는 미국에서 고혈 압 환자를 위해 개발된 식사법. 칼륨, 칼슘, 마그네슘 등의 무기질을 충분히 섭취하고 지방과 염분의 섭취는 줄임으로써 혈압 조절을 돕는다(네이버 지 식백과).

36 MIND 식단(Mediterranean-DASH Intervention for Neurodegenerative Delay)은 지중해 식단과 DASH 식단을 합친 것으로 통곡물, 잎 푸른 채소, 기타 채소, 견과류, 베리류, 콩류, 올리브 오일, 생선, 가금류와 와인을 권장한다.

37 World Health Organization. (2019). (Rep.). Risk reduction of cognitive decline and dementia: WHO guideline. World Health Organization. Retrieved September 5, 2021, from http://www.jstor.org/stable/resrep27919

38 Bialystok E., Craik, F., & Freedman, M. (2007). Bilingualism as protection against the onset of symptoms of dementia. Neuropsychologia. 45, 459–464. 10.1016/j.neuropsychologia.2006.10.0 09.

39 Krell-Roesch, J., Vemuri, P., Pink, A., Roberts, R. O., Stokin, G. B., Mielke, M. M., Christianson, T. J. H., Knopman, D. S., Petersen, R. C., Kremers, W. K., & Geda, Y. E. (2017). Association between mentally stimulating activities in late life and the outcome of incident mild cognitive impairment, with an analysis of the APOE ∈4 genotype. JAMA Neurology, 74(3), 332–338. https://doi.org/10.1001/jamaneurol.2016.3822

40 Krell-Roesch, J., Syrjanen, J. A., Vassilaki, M., Machulda, M. M., Mielke, M. M., Knopman, D. S., Kremers, W. K., Petersen, R. C., & Geda, Y. E. (2019). Quantity and quality of mental activities and the risk of incident mild cognitive impairment. Neurology, 93(6), e548– e558. https://doi.org/10.1212/WNL.0000000000007897.

41 Lee, R., Wong, J., Shoon, W. L., Gandhi, M., Lei, F., EH, K., Rawtaer, I., & Mahendran, R. (2019). Art therapy for the prevention of cognitive decline. The Arts in Psychotherapy, 64, 20–25. ISSN 0197-4556, https://doi.org/10.1016/j.aip.2018.12.003.

42 Yu, J., Rawtaer, I., Goh, L. G., Kumar, A. P., Feng, L., Kua, E. H., & Mahendran, R. (2021). The art of remediating age-related cognitive decline: Art therapy enhances cognition and increases cortical thickness in mild cognitive impairment. Journal of the International Neuropsychological Society : JINS, 27(1), 79–88. https://doi.org/10.1017/S1355617720000697

43 Lyu, J., Zhang, J., Mu, H., Li, W., Champ, M., Xiong, Q., Gao, T., Xie, L., Jin, W., Yang, W., Cui, M., Gao, M., & Li, M. (2018). The effects of music therapy on cognition, psychiatric symptoms, and activities of daily living in patients with Alzheimer's disease. Journal of Alzheimer's Disease : JAD, 64(4), 1347-1358. https://doi.org/10.3233/JAD-180183

44 Moreno-Morales, C., Calero, R., Moreno-Morales, P., & Pintado, C. (2020). Music therapy in the treatment of dementia: a systematic review and meta-analysis. Frontiers in Medicine, 7, 160.

45 지남력: 현재 자신이 놓여 있는 상황을 올바르게 인식하는 능력을 말한다. 올 바른 지남력을 갖기 위해서는 의식, 사고력, 판단력, 기억력, 주의력 등이 유 지되어야 하는 것이 필요하다. 통상 사람, 장소, 시간의 지남력으로 구별되고 있다. 지남력이 장애를 받게 되는 것을 지남력 상실이라고 한다. 이 경우에는 「자신은 누구인가」「이곳은 어디인가」「오늘은 몇월 며칠인가」등을 질문을 해도 대답을 하지 못한다. [네이버 지식백과] 지남력 [指南力] (간호학대사 전, 1996. 3. 1., 대한간호학회)

46 Sommerlad, A., Sabia, S., Singh-Manoux, A., Lewis, G., & Livingston, G. (2019). Association of social contact with dementia and cognition: 28-year follow-up of the Whitehall II cohort study. PLOS Medicine, 16 (8): e1002862 DOI: 10.1371/journal.pmed.1002862

47 Liao, S., Qi, L., Xiong, J., Yan, J., & Wang, R. (2020). Intergenerational ties in context: Association between caring for grandchildren and cognitive function in middle-aged and older Chinese. International Journal of Environmental Research and Public Health, 18(1), 21. https://doi.org/10.3390/ijerph18010021

48 Chan, S., Chan, C., Derbie, A. Y., Hui, I., Tan, D., Pang, M., Lau, S., & Fong, K. (2017). Chinese calligraphy writing for augmenting attentional control and working memory of older adults at risk of mild cognitive impairment: A randomized controlled trial. Journal of Alzheimer's Disease : JAD,58(3), 735-746. https://doi.org/10.3233/JAD-170024

49 한지혁 (2018) 주관적 난청과 인지기능의 관계. 연세대학교 보건대학원 석사학위 논문.

50 Liu, C. M., & Lee, C. T. (2019). Association of hearing loss with dementia. JAMA network open,2(7), e198112. https://doi.org/10.1001/jamanetworkopen.2019.8112

51 Livingston, G., Sommerlad, A., Orgeta, V., Costafreda, S. G., Huntley,

J., Ames, D., ... & Cohen-Mansfield, J. (2017). The lancet international commission on dementia prevention and care. Lancet, 390(10113), 2673–2734.

52 Livingston, G., Huntley, J., Sommerlad, A., Ames, D., Ballard, C., Banerjee, S., ... & Mukadam, N. (2020). Dementia prevention, intervention, and care: 2020 report of the Lancet Commission. The Lancet, 396(10248), 413–446.

53 Nascimento, P. C., Castro, M., Magno, M. B., Almeida, A., Fagundes, N., Maia, L. C., & Lima, R. R. (2019). Association between periodontitis and cognitive impairment in adults: A systematic review. Frontiers in Neurology, 10, 323. https://doi.org/10.3389/fneur.2019.00323

54 https://www.health.harvard.edu/staying-healthy/get-healthy-get-a-dog

55 Birkenhäger-Gillesse, E. G., Kollen, B. J., Zuidema, S. U., & Achterberg, W. P. (2018). The "more at home with dementia" program: a randomized controlled study protocol to determine how caregiver training affects the well-being of patients and caregivers. BMC Geriatrics, 18(1), 252. https://doi.org/10.1186/s12877-018-0948-3

56 장휘숙 (2011). 호위대 모델에 기초한 한국 중년 성인들의 가까운 사회적 관 계, 한국심리학회지: 발달, 24(1), 1~18.

57 Rowe, J., & Kahn, R.(1998). Successful Aging, New York: Random House.

58 윤현숙, 유희정, 이주일, 김동현, 김영범, 박군석, 유경과 장숙랑 (2008). 인생의 보람과 후회. 정신보건과 사회사업, 28, 4, 5-35.

59 Breetvelt, I. S., & van Dam, F. S. A. M. (1991). Underreporting by cancer patients: The case of response-shift, Social Science & Medicine, 32, 981–987.

60 Tornstam, L. (1999). Transcendence in later life. Generations, 23(4), 10-14.

깜박깜박해도 괜찮아

초판 1쇄 펴낸날 2021년 12월 27일
초판 2쇄 펴낸날 2022년 5월 25일

지은이   장유경
기획   CASA LIBRO
편집장   한해숙
편집   신경아
디자인   최성수, 이이환
마케팅   박영준, 한지훈
홍보   정보영, 박소현
영업관리   김효순

펴낸이   조은희
펴낸곳   주식회사 한솔수북
출판등록   제2013-000276호
주소   03996 서울시 마포구 월드컵로 96 영훈빌딩 5층
전화   편집 02-2001-5820 영업 02-2001-5828
팩스   02-2060-0108
전자우편   isoobook@eduhansol.co.kr
블로그   blog.naver.com/hsoobook
인스타그램   delere-book

ISBN 979-11-7028-931-9 03810

한솔수북 블로그   딜레르 인스타그램

딜레르
비우고 덜어냄을 통해 자신을 발견하고 새롭게 채워 가는 책을 만듭니다.
delere는 라틴어로 버리다, 줄이다, 없애다라는 의미를 담고 있습니다.

큐알 코드를 찍어서
독자 참여 신청을 하시면
선물을 보내 드립니다.